CEREAL

主　　编　Rosa Park
创意总监　Rich Stapleton
文字编辑　Richard Aslan

中文版主编　王菲菲
策划编辑　郝兰
责任编辑　刘杨
营销编辑　荣青
新媒体编辑　荣青

译　　者　张瑾
装帧设计　申亚申
封面摄影　Adam Barclay

图书在版编目（CIP）数据

谷物 . 15, 我们的旧日生活 / 英国 Cereal 编辑部编著；张瑾译 . -- 北京 : 中信出版社 , 2021.1（2025.3 重印）
书名原文：Cereal 19
ISBN 978-7-5217-2504-9

Ⅰ . ①谷… Ⅱ . ①英… ②张… Ⅲ . ①游记－作品集－英国－现代 Ⅳ . ① I561.65

中国版本图书馆 CIP 数据核字（2020）第 237370 号

谷物 .15，我们的旧日生活

编　　著：英国 Cereal 编辑部
译　　者：张瑾
出版发行：中信出版集团股份有限公司
（北京市朝阳区东三环北路 27 号嘉铭中心　邮编　100020）
承 印 者：北京利丰雅高长城印刷有限公司

开　　本：889mm × 1194mm　1/16　　印　　张：9.25　　字　　数：150 千字
版　　次：2021 年 1 月第 1 版　　印　　次：2025 年 3 月第 7 次印刷
书　　号：ISBN 978-7-5217-2504-9
定　　价：68.00 元

序

关于韩国

我不是典型的移民——我们家移民加拿大不是为了逃避战争、贫困或迫害，也不是为了远离痛苦去海外寻找更好的人生。在首尔的童年生活是我一生中最美好的回忆之一：每年秋天把银杏叶子夹在日记本里；和朋友一起在操场上玩跳格子玩到天黑，然后去吃烤红薯（直到今天烤红薯都是我的最爱）；每周五晚上爸爸、妈妈、哥哥和我一起出去吃饭，是我们家的传统……不过，当父母告诉我要搬到温哥华时，我并不记得我有多难过，相反，还因为这新的冒险有点儿兴奋。直到很久以后，我才开始思考，移民对我来说到底是好事还是坏事。

刚到温哥华的经历，跟我在这里的北美新移民朋友所谈论的大同小异。一开始因为语言不通，我很迷茫。在白人学生为主的教室里，我是唯一的韩国面孔，这让我敏锐地意识到了自己和他们的不同。我觉得自己带的紫菜包饭很丢人，总是躲着其他同学，一个人吃。我羡慕其他同学的西式饭盒和果汁，以及感恩节大餐（而我家只有秋夕节的可与之相媲美）。那时，我唯一想要的就是和学校里其他人一样。

到12岁时，我已经完全被同化了。我挑染头发，穿吊带衫配水洗牛仔裤；我喜爱的零食是品客薯片和星爆糖；几乎每个早晨都在手腕上喷CK One香水，偶像是凯特·莫斯，房间里挂着莱昂纳多·迪卡普里奥的海报，在自己房间里学亚瑟小子和Biggie的歌舞。不仅如此，我还拒绝吃泡菜，为了气父母几乎不说韩语，害怕每年一次的回首尔的探亲。我认为韩国文化等级森严，男女不平等，自认为是加拿大人，和韩国没有关系。

你可以想象一下13岁那年，父母宣布要搬回首尔时我有多么震惊。那是1998年的夏天，我哥哥正要上大学。这次，愤怒的眼泪从我的脸颊滚落。我们为什么要回去？为什么要毁了我的生活？我好不容易才到了今天：不再觉得自己像一个移民，而是一个普普通通的加拿大少年。

当年父母带我们搬到加拿大的理由非常个人化，也很复杂，无法在这里解释。无论如何，他们的动机之一是给我和哥哥更多的机会。他们为我们打开了世界的大门，鼓励我们尽自己的努力做事，并可以自由地选择，这让我们学会了流利的英语，了解了北美文化，而回到首尔则是为了不让我们忘根。从那以后我又在几个国家间搬了四次家，并意识到童年的移民经历培养了我的适应性和韧性。成年以后，我才明白这样的童年和青春期是多么难得，但我花了很长时间，才想清楚这个道理。

8年前，我开始以《谷物》编辑的身份定期旅行。我发现我对每个国家的兴趣都超过对韩国的。我仍然对自己出生的地方感到陌生和疏离。人生中第一次，我想要改变这种状况。于是我计划去首尔进行年度旅行，参观博物馆和历史性地标建筑，在业余时间阅读有关韩国传统建筑、艺术和手工艺的书籍，希望领悟韩国艺术纯净和简单的美感。慢慢地，奇怪的事情发生了。我发现，原来我的品味、喜好，甚至价值观都受到了韩国文化的影响，例如，我十分推崇的jeong（一种持续的两个人之间温暖的、心意相通的感觉）和hyo（对家庭及家族强烈的责任感）等，这些韩语在英文中并没有确切对应的词汇。重新发现自己的传统，这个过程就像是走在回家的路上。

本辑《谷物》以韩国为主题，记录了这一回归过程的闪光之处。我用个人化的视角、欢快的文章基调，表达我在探寻祖国文化过程中的深刻喜悦。我并不想无视韩国文化的复杂性和它的问题，只是希望本书能够让您对“韩国性”（Koreanness）有更深的认识。

——Rosa Park

francisgallery.co

F
R
A
N
C
I
S

目录

Adam Barclay，摄影师
A Portrait of the Artist as a Young Man — James Joyce

Alice Cavanagh，撰稿人，巴黎
Girl, Woman, Other — Bernardine Evaristo

Alvin Kwan，设计师
Thinking Architecture — Peter Zumthor

Brooke Holm，摄影师
Space Settlements — Fred Scharmen

Charlie Lee-Potter，作家
Quichotte — Salman Rushdie

Genevieve Lutkin，摄影师
Owning Your Own Shadow: Understanding the Dark Side of the Psyche — Robert A. Johnson

Hosanna Swee，摄影师
Bittersweet: Thoughts on Change, Grace, and Learning the Hard Way — Shauna Niequist

Irina Boersma，摄影师
Personal Memoirs — Berendina Gezina Muhring-Bijl (Irina's grandmother)

Jenny Bahn，作家
The Topeka School — Ben Lerner

Jessica Ng，插画师
What Happens Next? — Shinsuke Yoshitake

Justin Chung，摄影师
The Timeless Way of Building — Christopher Alexander

Justin H. Min，撰稿人，洛杉矶
Essays One — Lydia Davis

Katie Barclay，造型师
Cove — Cynan Jones

Matthew Johnson，撰稿人，纽约
The Dark Dark — Samantha Hunt

Ollie Horne，助理编辑
Daemon Voices: On Stories and Storytelling — Philip Pullman

Pernilla Löfberg，造型师
The Overstory — Richard Powers

R Aslan，作家
Unquenchable Fire — Rachel Pollack

Rich Stapleton，创意总监
Loving Frank — Nancy Horan

Robert J. Fouser，作家
The Bells of Old Tokyo: Meditations on Time and a City — Anna Sherman

Rosa Park，主编
Pachinko — Min Jin Lee

Ruth Ainsworth，协理编辑
The Leopard — Giuseppe Tomasi Di Lampedusa

Sonja Swanson，作家
My Year of Meats — Ruth Ozeki

Stella Kim，作家
Between the World and Me — Ta-Nehisi Coates

Vince Lo，设计师
The Ruthless Elimination of Hurry — John Mark Comer

3,000
3,000

《谷物》正在

饮

Maru 的咖啡

读

《易》英文版，译者 Richard Wilhelm

“云行雨施，品物流形。”

《易》

上午　爽肤水

品牌Circumference

Microsoft

one

1

首尔24小时

城市旅行

指南

文字

Ollie Horne

摄影

Rich Stapleton

& Hosanna Swee

乐古斋文化体验中心

文化中心

在瓦屋林立的北村，坐落着一座完美的韩屋——乐古斋文化体验中心（Rakkojae Culture Lounge）。它提供与韩国传统文化近距离接触的机会，例如：使用高丽王朝（918—1392）的陶瓷茶杯进行茶道表演，品尝用传统方法酿造的米酒，烹饪历史经典菜式，学习表演古音古乐，等等。松木做的木板上，摆放着权大秀（Kwon Dae-Sup）设计的月亮罐，乐古斋的意境正如它的名字所展示的那样："一个可以享受过去、安抚心灵的空间。"旁边的首尔乐古斋酒店还提供传统的韩式餐饮住宿服务。

rkj.co.kr

首尔市钟路区11ga-gil北村路16号

Le 17 Septembre

女装店

江南区这个用玻璃和水磨石造的小房子，就是女装品牌Le 17 Septembre（九月十七日）的总店，它由申恩惠（Eunhye Shin）女士于2013年创立，并以她的生日命名。申女士的每件作品，都是她和几位手艺高超的裁缝一起合作完成的，这让她能够保证限量版商品的品质。面料上深深的褶皱很有结构感，创造出一种独特的轮廓，大部分外套、连衣裙和上衣都选择了中性的乳白色、沙色、黑色、白色和灰色。店里挂着天然亚麻窗帘，搭配原木和石材，以呼应设计精巧的服装。

le17septembre.com

首尔市江南区新沙洞551-35号

阿鲁吉吉

文化中心

有着光滑平整的水泥外观，木材和磨砂玻璃装饰的建筑里面，是传统的韩式庭院，这是一个传统与现代结合的建筑。成立于2001年的阿鲁吉吉（Arumjigi）文化基金会是一个非营利组织，为保留和促进韩国文化的传播，他们组织科研项目，开办课程和展览。这里举办过关于裤子、饭盒等各种日常用品的历史回顾展，将历史和当代设计精心结合在一起。

arumjigi.com

首尔市钟路区统义洞35-32号

茶聚

茶馆

茶聚（Tea Collective）将茶的提神、平衡功效介绍给人们。它由首尔的一些艺术家和茶具设计工作室Artment.dep共同创办。从位于江南区的旗舰店开始营业，茶聚就一直提供韩国各地产的茶叶：芬芳的柿叶茶、古朴的糙米茶、暖暖的南瓜茶……每样都有独特的风味和有益健康的功效。

tea-collective.com

首尔市江南区清潭洞90-25号

国际画廊

美术馆

国际画廊（Kukje Gallery）专门收藏1982年以来的现当代艺术品，并以开办20世纪和21世纪国际著名艺术品展览而闻名，展出过包括唐纳德·贾德（Donald Judd）、亚历山大·考德（Alexander Calder）、塞·汤伯利（Cy Twombly），以及当代艺术家安尼施·卡普尔（Anish Kapoor）和保罗·麦卡锡（Paul McCarthy）的作品。国际画廊还策划过韩国单色画派的著名画家李禹焕（Lee Ufan）、朴栖甫（Park Seo-Bo）和丁昌燮（Chung Chang-Sup）的作品。它的第三展厅K3是钢网外墙包裹下的一个醒目的多棱角建筑，坐落在景福宫（Gyeongbok Palace）旁边。

kukjegallery.com

首尔市钟路区三岳洞三清路54号

罗宴

餐厅

韩国首家米其林三星餐厅罗宴（La Yeon）位于新罗酒店顶层，仅凭一览无余的风景就可以打败所有的竞争对手。拿手菜包括鲷鱼料理、大酱汤、栗子汤、酱牛肉等，全部使用韩国最好的食材，餐具是著名艺术家罗基焕（La Ki-Hwan）和李基宇（Lee Ki-Jo）精心制作的白瓷。罗宴餐厅环境优雅，致力于呈现韩餐的独特风味。

shilla.net

首尔市中区东河路249号新罗酒店23层

100% DE AGAVE
JALISCO
100% DE AGAVE
JALISCO
100% DE AGAVE
JALISCO
100% DE AGAVE
JALISCO

two

2

异质平衡

与朴恩珠和张大卫
交谈

文字
Jenny Bahn

摄影
肖像 Matthew Johnson
内饰 Brooke Holm

妆发
Ashley Schultz

营业前一个小时，铁锈色的大厅空无一人。餐厅的中间，樱桃树枝的长臂伸向四周，发出淡粉色的光芒。厨房的门开着，里面的声音传来：金属碗叮叮当当的碰撞声，冰箱运行的嗡嗡声，有人礼貌地说着“你先来”……一位主厨在案板前弯着腰，吩咐另一个人去加利福尼亚超市买几袋牛油果回来。另外一边，朴恩珠（Eunjo Park）和张大卫（David Chang）正在为拍肖像写真四处走动，他们几乎是沉默着敷衍地跟随摄影师的指示，飞快地完成了拍摄。没时间对自己的形象吹毛求疵，因为厨房在呼唤。

卡维（Kāwi）餐厅是张大卫主厨职业桂冠上的新宝石，坐落在哈德逊广场旁一栋商场的五层，这个商场可以算是全世界最有名的购物中心之一。在这里可以体验各个层面的纽约，因而广受国际游客、当地人和商业人士的喜爱。卡维优越的地理位置也让它的主厨朴恩珠知名度颇高。她创造的菜式就像哈德逊广场一样博采众长，尤其是她将韩国传统的和法国独特的烹饪技巧完美地结合了起来。朴恩珠的菜单不仅仅是简单的菜肴集合，更是对因循守旧的现状的挑战、对重整美国和世界各地美食的创新。

你们俩都擅长以韩国料理为基础，融合其他种类的菜肴做法进行烹饪。那么掌握所有菜式的烹饪方法是不是很重要？

朴恩珠：我认为了解各个菜式的基础做法很重要，但是不一定非得掌握。

张大卫：了解烹饪方法肯定有帮助，不了解规则就很难打破规则。

你最欣赏对方哪个方面的烹饪才能？

朴恩珠：大卫的创造力，我望尘莫及。他有很多疯狂的主意，这些主意就像种子一样，而我让它们发芽开花。

张大卫：她比我疯狂。（两人都笑了。）她只是没有意识到自己有多疯狂，这让她发挥得更好。在技术和执行方面，很少有人能和她相媲美。她在寻找自己的声音，是个潜力无穷的人。这非常棒。

大卫，你是韩国移民的后代。恩珠，你自己就是韩国移民。这些年来，你们和韩国文化的关系有什么变化？

张大卫：我认为，恩珠与韩国的联系比我的更深。其实之前，我一直试图摆脱自己的韩国背景。直到最近，我才慢慢尝试接受它，但又不想用传统的方式。我觉得我比之前更接近它，但同时也离它更远了。

朴恩珠：我也有同感。开始做厨师的时候，我不想做韩国料理。但韩国文化是我的根，随着时间推移，我越来越喜欢它了。

作为移民的后代，你们觉得父母很坚持自己的文化传统吗，还是在移民后，为了融入新的社会逐渐放弃了原来的一些坚持？

张大卫：我认为，我父母在尽最大的努力去融入新的社会的同时，他们对韩国的文化核心非常坚持。两种文化他们都会涉及，但对他们来说更亲近的，肯定还是韩国文化。

朴恩珠：我父母也一样，最关键的是取得平衡。比如，在美国过感恩节的时候，我们也会吃火鸡，但在家里一定要讲韩语。

朴恩珠是卡维的主厨。卡维是张大卫的福桃餐饮集团（Momofuku Group of Restaurant）2019年新开的店。福桃餐饮集团在美国、加拿大和澳大利亚都有分店。大卫也参与了两个网飞（Netflix）的系列餐饮纪录片《美食不美》（2018）和《城中三餐》（2019）的拍摄。

小时候最喜欢的韩国料理是什么？

朴恩珠：自己从乡下挖回来，自己烤的红薯，就着奶奶的泡菜一起吃。还有我父母的韩日餐厅里的黄瓜卷。

张大卫：我妈妈的炖牛肋骨，只有在特殊的日子里才吃得到，我总是盼着能吃到它。

那美国菜呢？

朴恩珠：盒装土豆泥。

张大卫：鸡柳。

你们的父母在超市里爱买什么菜？

朴恩珠：豆腐、香葱。

张大卫：那要看去哪儿。去韩国超市就全是买韩国料理食材，去美国超市就都是买美国食材。

恩珠，你12岁那年从首尔搬到费城，印象中，你有没有在美国很难买到的韩国料理食材？

朴恩珠：所有食材基本上都能在美国买到，但是我奶奶还是每年都从韩国给我父母寄干辣椒和凤尾鱼干。

大卫，作为新手父母，你是否考虑过如何将韩国文化传承给你的孩子？

张大卫：我还没有认真考虑过。我觉得它会自然而然地发生。我儿子的韩语已经说得比我好了，我们会读同样的韩文书。

韩国的儿童书有什么推荐的吗？

张大卫：我不知道该推荐什么，但是感觉韩国儿童书的内容比这里的要吓人。

我觉得格林兄弟早期的儿童故事挺恐怖的。

张大卫：有的比格林兄弟的还吓人。我们俩最近读的一本书讲的是：门开了，老虎把妈妈吃了。这是一个相当恐怖的故事。

你最喜欢与家人和朋友分享的菜是什么？

张大卫：我很喜欢做牛尾，红烧牛尾。

朴恩珠：我和家人在一起时总是吃韩式烧烤。从高中开始，我们就会带朋友回家，父母会给我们烤五花肉吃。

你们研发新菜肴的时候，会考虑未来的潜在顾客吗？

张大卫：当然，必须考虑。但这并不代表事情简单了，而是你要考虑到客人的就餐心理，以及我们的想法会不会太前卫了。例如，恩珠做的生螃蟹非常好吃，但客人能接受吗？很多人根本不吃螃蟹，更别提带壳的螃蟹了。下一步是考虑生螃蟹能不能被接受的问题。未来，我相信人们会慢慢接受这个菜，但是现在，要考虑的东西太多，生螃蟹这道菜的推出时机还不成熟。

那怎么把新的风味和口感介绍给客人呢？是潜移默化，还是直接推荐？

朴恩珠：我认为直截了当更好，不要一点点地来。大卫教给我一件事，就是要敢于越界，同时有同理心。

除了生螃蟹，还有其他韩国风味或食材，你们想要推荐吗？

朴恩珠：我很想推荐鱼干，但我知道这很难。它的口感、风味、气味都很特殊。我想在将来尝试一下。

张大卫：给它一点时间。

你们觉得韩国料理如何继续创新？

张大卫：只要有更多的恩珠就可以了。

朴恩珠：我希望有一天人们琢磨吃什么的时候能想起韩国料理。现在，大多数人还以为紫菜包饭是寿司。将来，也许他们会认为寿司是紫菜包饭。

卡维这家餐厅有什么特别的地方吗？

朴恩珠：在这里，你得知难而上。这里的客人大都习惯吃土豆、牛排。对我们来说，菜单上确实得有土豆和牛排，但也要有一些特别的菜，这能激起顾客的好奇心，使他们因为这些菜成为回头客。

大卫，你呢？

张大卫：关于这家餐厅吗？

是的，卡维在纽约的位置有什么特别之处吗？

张大卫：嗯，卡维在第34街，其实也算是在韩国城。•

さとう生うに 北海道加工

朴恩珠 —— 大卫的创造力，我望尘莫及。他有很多疯狂的主意，这些主意就像种子一样，而我让它们发芽开花。

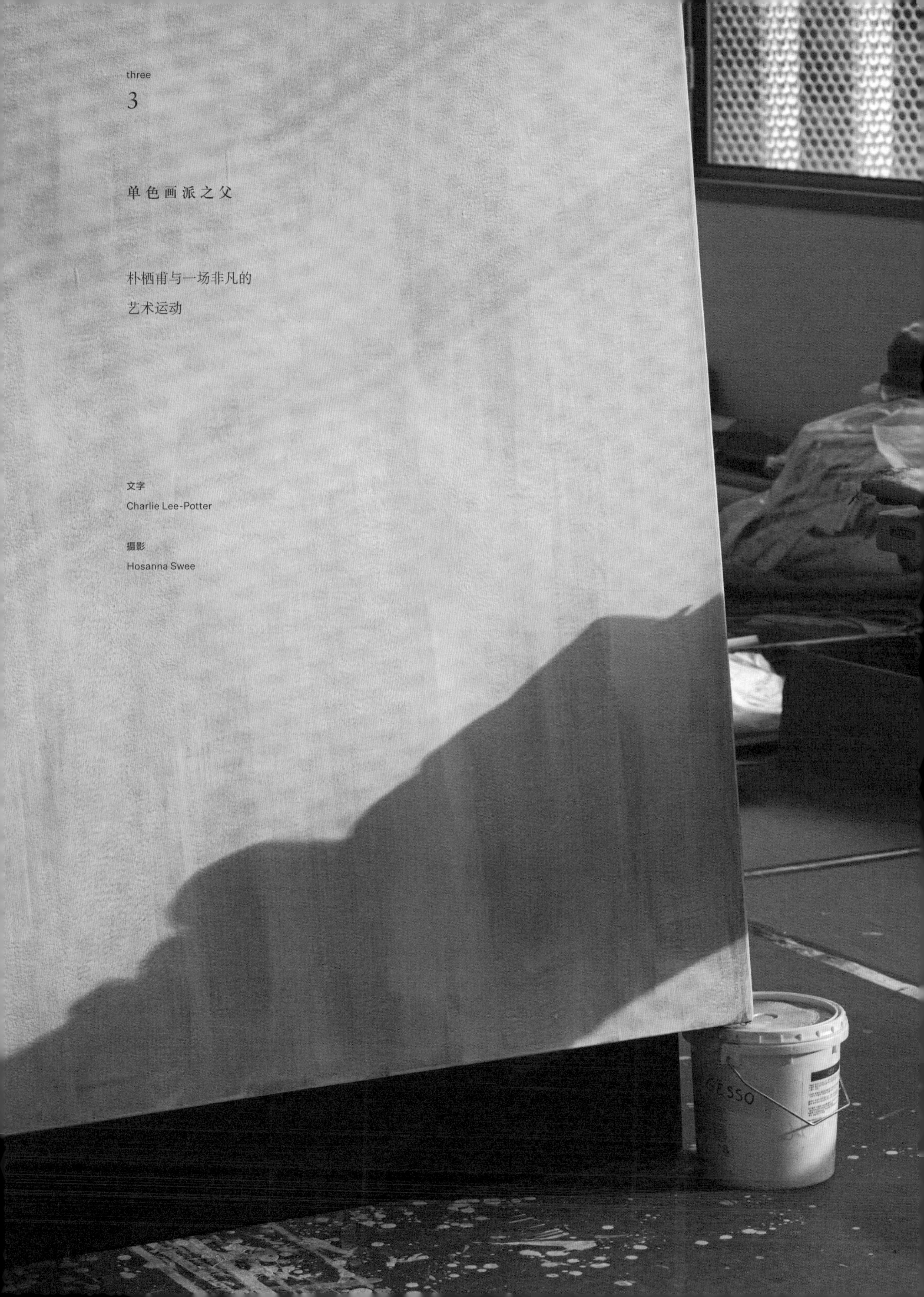

three

3

单色画派之父

朴栖甫与一场非凡的

艺术运动

文字

Charlie Lee-Potter

摄影

Hosanna Swee

一个经历过贫穷、战争、迫害、疾病、饥饿和被人轻视的88岁老人，是什么样子的？无论如何，你不会相信他是艺术家朴栖甫的样子：他笑着，头戴俏皮的毡帽，身穿有型的皮夹克，看起来比实际年龄小好几十岁。其实，他曾受过很多苦，挨过很多饿，没有睡觉的地方时，晚上就会睡在教室里……作为朝鲜战争期间的艺术系学生，他曾每天放学后留下，希望在地上找到别人丢掉的铅笔头、蜡笔头、木炭碎片，以当画具。实在什么都找不到，他就用泥土或偷来的酱油画画。而看着他现在的笑容，你可能会觉得他是一个无忧无虑的人。在Instagram上，他贴出自己闪闪发光的有趣的秃头特写照片，以及61周年结婚纪念日上与妻子抢着吹蜡烛的照片。我最喜欢的一段视频中，他们俩用韩语一起祝大家新年快乐，说着说着就咯咯笑了起来，视频下方还配有英文字幕。最可爱的是，他们怕英语里的笑声和韩语的不一样，所以连笑声都加上了字幕：“HaHaHa!”“HaHaHa!”在这所有的热闹背后，很明显，朴栖甫的快乐并不肤浅，而是充满了力量。

단

Dan

单

색

Saek

色

화

Hwa

画

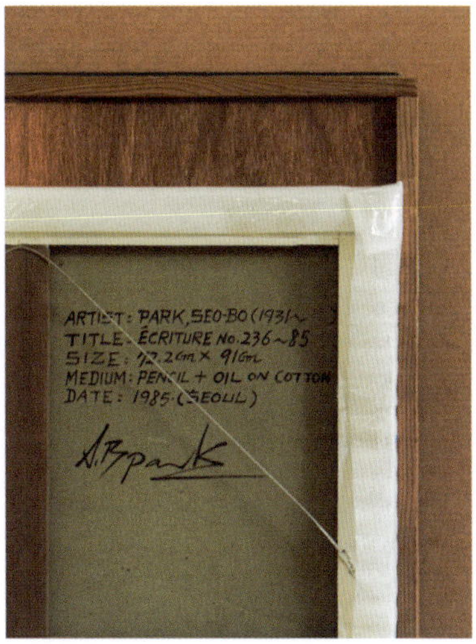

单色画派

单色画派，最初被称为韩国单色绘画。直到光州2000年的双年展，才第一次被命名为单色画派，字面意思是单一颜色的绘画。在双年展目录册的序言里，美术评论家尹晋燮（Yoon Jin-Sup）首次使用这个回顾性的名称，为这个大部分从20世纪70年代开始创作的，松散绘画艺术家群体及其作品命名。

朴栖甫的画似乎轻盈得可以在墙上翱翔，他用不断重复的意象、优雅的画风、单纯的表达方式，将严谨和宁静完美地结合在了一起。但是，他说表现宁静很难。“我只有完全沉迷于绘画时，才能忘记一切，找到内心的平和。老实说，我只有这件事能做好。也许，这就是我能靠画画度过所有那些艰难岁月的原因。什么都不能阻止我通过画画专注于真实的自己，哪怕是战争、社会动荡、贫穷或疾病。”这是一个奇妙的循环：艺术让他超越了自己和痛苦，继而，他的画充满了意义，进入了无我的境地。即使如此，仍有一件事，他无法通过画画达到：“看着妻子和孩子们跟着我受穷，他们挨饿的样子让我太难受了。”

朴栖甫的精力、热情和严谨使他自然而然地成为单色画派之父。这个由丁昌燮、尹亨根（Yun Hyong-Keun）、李禹焕、河钟贤（Ha Chong-Hyun）、权宁禹（Kwon Young-Woo）和赵永益（Cho Yong-Ik）为代表的画派，发源于20世纪70年代，将韩国人的感性和无畏抽象地表达出来。通常，这个画派的名字在英文中被译为monochrome（单色），但这遭到朴栖甫强烈的反对。“单色在韩语里的意思是只用一个颜色，我们的画是韩语的单色。但英文的monochrome意味着只使用有限的颜色，这跟我们的完全不同。”我请他更详细地解释一下，他说，只用一个颜色是韩国人对待事物本质的态度。“不断了解你的材料，与之交流，通过长期重复的工作揭示出它的本质，这才是单色画派的核心。”他说。“韩国人不喜欢表达反对，我们很容易成为潮流中的一员，而不是脱颖而出。韩国人认为自然是整体，我们人类只是其中的一小部分。在自然面前，我从来没想过去控制或征服它，它绝对是一个整体，而我属于它。因此，我的画里没有人造意象。作为画家，我已经不再表达自己了。”这是所有单色画派艺术家的特征：对材料的深刻崇敬，以及跳出自我表达的渴望。

既然朴栖甫强烈反对单色画派的英文翻译，那么他对自己绘画技巧的英文说法Myobop的强烈反对便也不足为奇。“艺术评论家方恩泰（Bang Geun-Taek）建议用法语单词écriture来描述我的画法。但实际上Myobop取自汉语文字‘画’和‘方法’的含义。因此，écriture也是不准确的翻译。”对朴栖甫来说，用欧洲的观念或écriture来定义他的技术，还不如用东亚的书法来得准确，这里面有微妙的区别。正如他所解释的那样：“书法家的毛笔要握得笔直，而且写书法时要集中注意力在笔尖一处，长而柔软的笔毛能够展示书法家的思绪。敏感的思绪能

朴栖甫 —— 跟书法家将注意力集中在毛笔笔尖上一样，我的技巧要将注意力集中在画笔的笔尖。但是我的头脑并不专注于画本身，或完成什么特别的作品，而是通过专注达到忘我的境界。

通过细微的笔尖变化表现出来。跟书法家将注意力集中在毛笔笔尖上一样，我的技巧要将注意力集中在画笔的笔尖。但是我的头脑并不专注于画本身，或完成什么特别的作品，而是通过专注达到忘我的境界。从这个意义上讲，书法和我的绘画技巧有相似之处，都是为了进入一种精神状态。”

朴栖甫对材料的尊重强烈地表现在使用的韩纸上，这种由桑树皮等材料制成的纸张，非常吸水，很硬又很有韧性。朴栖甫说：“我的作品是韩纸的材料特性和我的绘画技巧之间的动态平衡。我从没觉得画是我作品的呈现，使用的材料——韩纸才是作品的呈现。”他对这一点有很深的感触，曾经与罗伯特·劳森伯格（Robert Rauschenberg）和大卫·霍克尼（David Hockney）争论过韩纸的质地：“我告诉他们，一种新的绘画可以在你退后一步、允许画纸讲述自己的故事的时候产生。所以，与其简单地在纸上画一个图像，倒不如帮助韩纸把它自己表现出来。”如果你绕到朴栖甫画作的侧面，盯着它看一会，就会明白他的意思。韩纸是半透明的，有种牛奶般的质地，纸间的纹路有如波浪、山峰、岩脊和重叠的折痕，看起来又像是在水里泡了很久的手指上的皮肤。如何将如此精致的山脊和褶皱纹路与画作水乳交融，是单色画派的技术核心。我忍不住想让手指沿着凸起的边缘移动，感受韩纸到底是柔软的还是酥脆的，是像橡胶一样有弹性的还是坚硬的。但我知道如果这样做，画廊主人肯定会不高兴，艺术家本人会更愤怒。所以，我管住了自己的手指。

单色画似乎都是一些整齐的灰色单调线条画作，这是对单色画派最常见的误解。比如，李禹焕的作品中就有很多生动的蓝色和橙色，尽管他最近更喜欢灰色。正如他曾经说的：“最重要的事情是如何下笔，颜色在作品中没有什么意义。”同样，尹亨根虽然以他画作中丰富的琥珀色和青色著称，但他属于单色画派，因为他的作品也是用重复的笔法，让材料而不是他来表现它们的特性。赵永益的画作尊重材料的内在特质，这是典型的单色画派特点，但他也有一些重在表现的作品。他的波浪系列表达的不是很明显，但重复的波浪状纹路暗示了荡漾的水。他的竹系列中的画是倾斜的，细致地表现了叶子在光线中摇摇晃晃的观感。与此同时，2011年去世的丁昌燮，将他对材料的崇敬表现在了纸上。和朴栖甫一样，他深爱桑树皮做成的韩纸。他说：“我捧起一把纸浆，涂在画布上，拍打、揉捏，我与韩纸的对话就这样开始了。我放弃自己的意志，等待它自发地表现。”

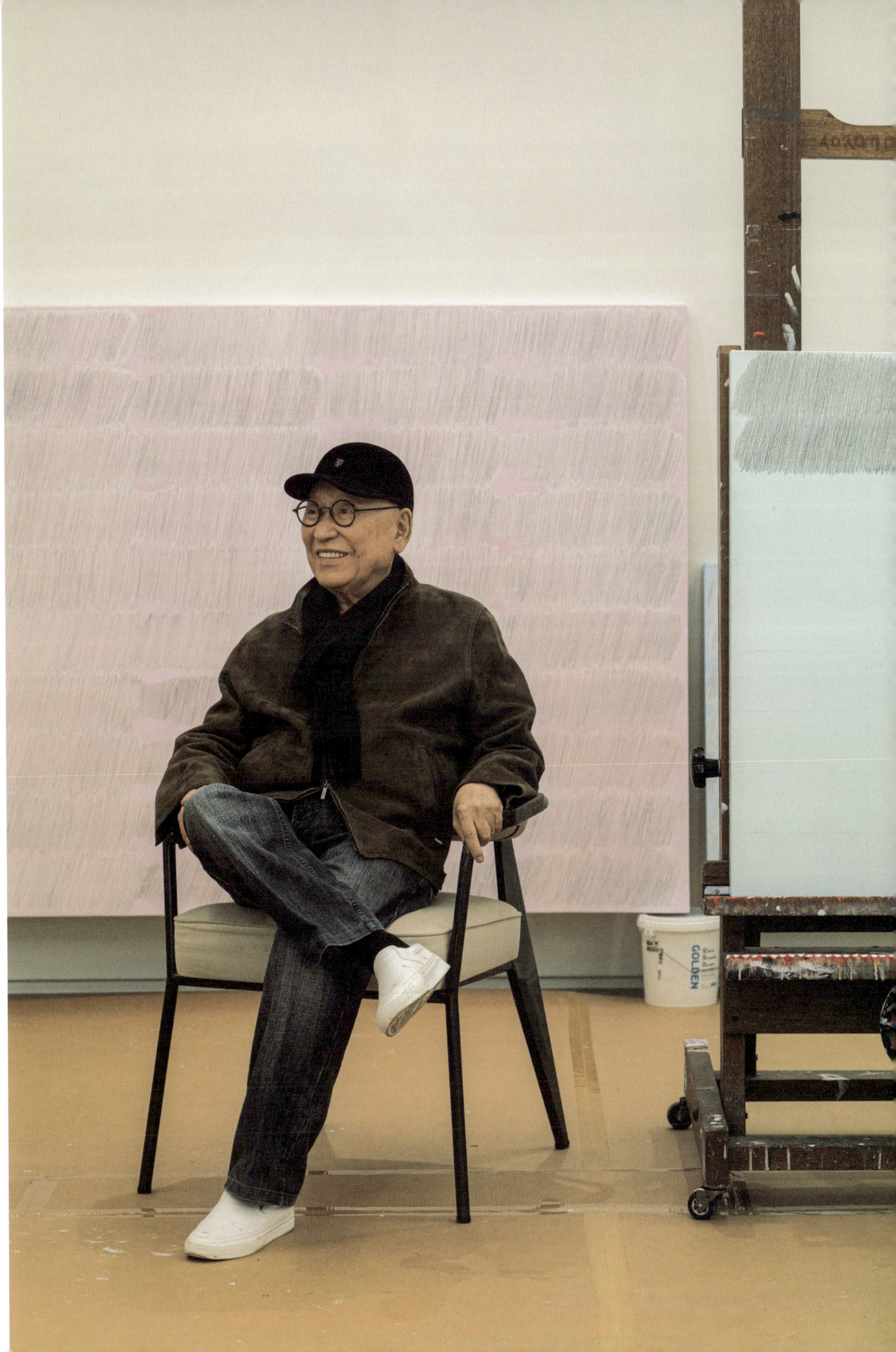
GOLDEN

A

单色画派艺术家的作品

A　80-622
1980年
赵永益
由爱德华 · 马林格画廊提供

B　连接19-25
2019年
河钟贤
由国际画廊提供

C　无题
1977年
权宁禹
由国际画廊提供

B

C

D

E

单色画派艺术家的作品

D　冥想
20世纪90年代初期
丁昌燮
由艺术家和阿塞尔·维伍德画廊提供

E　组成
1993年
尹亨根
由艺术家和阿塞尔·维伍德画廊提供

F　由线而来
1974年
李禹焕
由李森画廊提供

F

单色画派艺术家以摒弃自我意识而闻名。但如果你称他们为极简主义，他们还是会生气。朴栖甫完全拒绝使用这个词，并和唐纳德·贾德一样厌恶这个词："贾德告诉我，人们称他为'极简主义者'时，他非常愤怒。极简主义是指表现最核心的自我。可我是一个努力清空自我的人。我画重复的元素是为了达到内心的宁静。"换句话说，他对极简主义公开的，甚至傲慢的表演行为非常反感。他喜欢的是，通过自己的绘画技巧进入一种摒弃自我意识的状态。我询问他的绘画方法与自发式绘画有没有关系，他一如既往确切地回答了我的问题："自发绘画是一种概念化的技巧，抛开有意识的自我，不受技术的控制和限制。但这难道不是自我意识的一种挣扎吗？我的绘画技巧不是自我意识的斗争，而是努力清空多余的能量。这类似于僧人在念经时，通过重复敲木鱼来放空自己，深化思想。"

我很想知道，朴栖甫的空灵是否也能清空我的头脑。在伦敦白立方画廊，我盯着他的一幅画，把自己想象成一个水罐，一点一点地把水倒出去。奇特的事情发生了，我感觉到，画家画画时候投入的专注能量从画布上散发出来。原来，清空的头脑和空空如也的头脑是不一样的，正好相反，我的头脑现在变得很充实。展厅里有两幅朴栖甫的画，它们都有强烈的、数量众多的线条，线条和颜料之间充满了能量。像一首首虔诚的圣歌，朴栖甫好像在通过他的画，追问我一个深刻的、追寻已久的问题。

朴栖甫如此个性化、热烈的能量最近有了新的表达。他开始用别的颜色。这再次证明，将单色画派的作品视为灰色的是不对的。是的，朴栖甫的新作品依旧只有一个颜色，但每件作品的色彩如此丰富饱满，简直像是在画布上跳舞。它们像鸢尾花、番茄汤、黄色雪纺、薄荷醇牙膏、泡泡糖或粉色粉末……这与他最近对艺术的理解相辅相成。朴栖甫说："我在最近的画里重新发现了色彩之美。我现在觉得艺术应该提供视觉享受。否则，你无法带给观者平和喜悦的感觉。我的想法正在转变，艺术也可以是一种疗愈方式。"也许，朴栖甫一生追求的放下自我，同时抚慰观众的艺术境界，总是不可避免地充满了张力，带给他爆发性的能量。这种复杂的动机，使得单色画派运动具有非凡的力量与持久性。尽管患有各种慢性病，朴栖甫依然在绘画、旅行、思考、欢笑。他说："这就是我，天生充满了体力和精神力量。也许就是这个原因，他们把我在首尔国家现当代美术馆举办的第二个回顾展，命名为'永不疲倦的奋斗'。"●

← 2020年4月29日至6月21日，贝蒙德西白立方画廊举办了朴栖甫的作品回顾展。

朴栖甫 —— 不断了解你的材料，与之交流，通过长期重复的工作揭示出它的本质，这才是单色画派的核心。

作者 尹东珠

계절이 지나가는 하늘에는
가을로 가득 차 있습니다.

나는 아무 걱정도 없이
가을 속의 별들을 다 헬 듯합니다.

가슴속에 하나 둘 새겨지는 별을
이제 다 못 헤는 것은
쉬이 아침이 오는 까닭이요
내일 밤이 남은 까닭이요
아직 나의 청춘이 다하지 않은 까닭입니다.

별 하나에 추억과
별 하나에 사랑과
별 하나에 쓸쓸함과
별 하나에 동경과
별 하나에 시와
별 하나에 어머니, 어머니,

어머님, 나는 별 하나에 아름다운 말 한 마디씩
불러 봅니다. 소학교 때 책상을 같이 했던
아이들의 이름과, 패, 경, 옥, 이런 이국 소녀들의
이름과 벌써 아기 어머니된 계집애들의 이름과,
가난한 이웃 사람들의 이름과, 비둘기, 강아지,
토끼, 노새, 노루, '프랑시스 잠', '라이너 마리아
릴케' 이런 시인의 이름을 불러 봅니다.

이네들은 너무나 멀리 있습니다.
별이 아슬히 멀듯이.

어머님,
그리고 당신은 멀리 북간도에 계십니다.
나는 무엇인지 그리워

이 많은 별빛이 내린 언덕 위에
내 이름자를 써 보고
흙으로 덮어 버리었습니다.

딴은 밤을 새워 우는 벌레는
부끄러운 이름을 슬퍼하는 까닭입니다 .

그러나 겨울이 지나고 나의 별에도 봄이 오면
무덤 위에 파란 잔디가 피어나듯이
내 이름자 묻힌 언덕 우에도
자랑처럼 풀이 무성할거외다.

四季交替的天空
迎来了秋天

我轻轻松松
数着秋夜里的星星

它们一颗一颗刻在我心中
根本数不过来
因为清晨来得太快
因为我还有明晚
因为我有无尽的青春

一颗为回忆
一颗为爱
一颗为孤独
一颗为渴望
一颗为诗歌
还有一颗为妈妈，妈妈

妈妈，我想为每一颗星起一个美丽的名字
给它起小学同桌的名字
给它起外国女孩的名字，比如佩、静
还有已经做了妈妈的女孩的名字
给它起曾经的邻居的名字
给它起动物的名字，比如鸽子、小狗、兔子、骡子、鹿
还有诗人的名字，弗朗西斯·雅姆、勒内·马利亚·里尔克
我想用这些名字呼唤它们

可它们太远了
是星星才有的远

而妈妈
您远在布坎多

我为那些未知的事悲伤
在星光洒下的山上
写下我的名字
又用泥土把它埋葬

在我羞愧的名字上面
蝉彻夜哭泣

但是当冬天过去，春天来临，连星星都会看见
坟墓上绿草覆盖
在埋葬我名字与骄傲的山上
丰美的草将铺满山坡

four

4

我们的
旧日生活

韩国

家具博物馆

文字

Ollie Horne

摄影

Rich Stapleton

路在松林下蜿蜒而上，红色树皮的温暖光芒反射在屋檐上，
松木做的屋檐如波浪般起伏。

韩国家具博物馆成立于1993年，最早是钟美淑（Chyung Mi-Sook）女士的私人物业，用来陈列她2000多件韩式古董家具。除了展示从韩国各地收集来的家具，这个博物馆本身也是展示的一部分，整栋建筑的部件从全韩国收集，组成了10个完整的韩屋，其中包括20世纪70年代拆除位于首尔的昌庆宫（Changgyeong Palace）和朝鲜末代纯孝贞王后的住所。

博物馆的中央建筑群是一栋长长的、富丽堂皇的韩屋，位于小石径的尽头。宽大的屋顶与起伏的山峦相映成趣，融入身后森林密布的布汉山。路在松林下蜿蜒而上，红色树皮的温暖光芒反射在屋檐上，松木做的屋檐如波浪般起伏。通过刻有汉字的拱门，出现了另一栋韩屋。潺潺的流水和低矮的松树上方是支撑屋子的高大石柱。从这里能看到院墙外首尔北洞公寓朦胧的身影。

博物馆主建筑工程于2007年完成，建筑用传统的方法处理了木材、石材、纸料和瓷砖。这是一项艰苦的工作。2011年，博物馆如何向公众开放。自动门和电灯笼用木格子和韩纸精心装饰。石雕的獬豸（保护神）矗立在入口的台阶两侧，经岁月侵蚀，现在看起来像抽象的矮胖狮子。建筑内部，宽敞的大厅上方，两排木柱支撑起高高的松木天花板。朝鲜王朝（1392—1910）时代，房子里的柱子间距严格按照等级规定设置，一看就知道里面住着的是王室成员、贵族、政府官员还是农民。钟美淑女士曾在这里接待过韩国总统，还有参加二十国集团会议（G20）的各国领导人、国际要人及其配偶。

博物馆一次最多可以展示500件家具，大部分都按类别陈列在主楼的地下室，那里的墙上有很多嵌入式陈列柜。钟美淑自十几岁起就热爱收藏，20世纪80年代，大部分家庭从传统的韩屋搬到首尔的新公寓，她的大部分收藏就是那时候完成的。陈列柜上摆满了19世纪的柿木写字台，大小相同的柿木盒像楼梯一样次第排开。这些盒子是用来存放书籍的，书名用墨水写在盒子外面。另一处，泡桐木衣柜上刻着复杂的图案：修长的竹子与繁茂的竹林、茂密的草丛上飞舞着的蜜蜂和蝴蝶、弯曲而遒劲的松树……按照韩国传统，父亲在女儿出生时会种下

韩屋

韩屋（한옥）就是韩国的房子，한的意思是韩国，옥的意思是房子。韩屋有许多类型，有农民住的简单村舍，也有贵族在乡下的豪宅，还有20世纪初兴起的，在首尔北村和益善附近的小块土地上建起的，紧凑型的城市建筑。典型韩屋的主要特点是使用了松木、石材和韩纸，有宽大的斜屋顶、低垂的屋檐、中庭和被称为温突（ondol）的地板采暖设备。

生长格外快的泡桐，在她15岁出嫁时，这棵树已经成材，能砍来做成婚房的家具。

一楼的几个房间布置成了贵族家庭的风格。第一个是沙朗恰（sarangchae），即男士的居所，芦苇垫上的靠垫前面是几张书桌。房间里大部分的空间是高出地面的平台，专为房主使用。角落里，一个竹编的枕头靠在墙上，在炎热的夏季抱着它睡觉很是凉爽，因此有人叫它“二老婆”。坐下来看，房间显得更宽敞了，屋顶看起来更宽大，胳膊肘放在矮橱柜上，它的这个高度再理想不过，透过窗户外可以看到庭院的风景，庭院中白色碎石会将光线反射进房间。

从明亮的安差（anchae）亦可看到庭院，那里是女士的居所。窗户打开，视线正对着蜿蜒的松树，花园的墙上装饰着代表长寿的图案：乌龟、鹿、太阳、鹤、鱼和灵芝……安差里的家具是钟美淑父母生前所用的，给人非常亲切的感觉，这种感觉暗合了可代替韩国家具博物馆名字的著名广告语：我们的旧日生活。

与沙朗恰相邻的是长长的起居室，这里是全家人聚在一起的地方。厚厚的松木和韩纸制成的百叶窗平行排列，挂在窗户上，在寒冷的冬天可以放下来御寒。华丽的屏风上描绘着夏天的场景：盛开的百合花、有须的鲤鱼和优雅的苍鹭……韩屋中的所有屏风均与季节相对应。百合花从池塘里消失后，工作人员就会换成秋天风景的屏风。●

屏风

屏风（병풍）的使用是韩国传统内饰的重要特征之一。屏风上经常画有民俗画，民俗画是一种18世纪民间艺术家开创，并流传至今的艺术形式。博物馆的屏风都是馆主钟美淑女士按照传统花样定制的。

II.

老虎抽烟的日子

韩国传统谚语

谚语	直译	含义
여우가 시집간다.	狐狸要结婚。	太阳雨。 这是一个古老的传说。讲的是，狡猾的狐狸为了避免被老虎吃掉，就引诱它和自己结婚。婚礼那天，有一朵深爱狐狸的云，哭得死去活来，结果天就开始下雨。因此，晴天的骤雨也被称为狐狸雨。 
정성이 지극하면 돌 위에 풀이 난다. 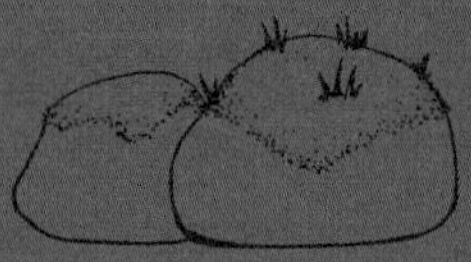	精诚所至，石上生草。	真诚可以成就看似不可能的事情。
원숭이도 나무에서 떨어진다.	猴子也会从树上摔下来。 	再厉害的人也会犯错。

닭잡아먹고 오리발 내민다.

吃鸡吃出个鸭脚来。

为自己犯的错找不合适的借口。
这句谚语源于一个故事。有人偷吃了邻居家的鸡，邻居来指责他，他却拿出一只鸭脚狡辩说，他吃的是鸭子而不是鸡。

감나무 밑에 누워서 홍시 떨어지기를 바란다.

躺在柿子树下，等着柿子自己掉下来。

指人希望和等待事情发生，却不努力改变现状。

호랑이 담배피던 시절.

老虎抽烟的日子。

很久很久以前。
韩国民间故事常常以“在老虎抽烟的日子”开头，表示很久远的过去。其中的缘由尚不清楚，因为烟草是17世纪左右才从日本被引进韩国的，所以这句俗语可能是从那时兴起的。

five

5

安静的器皿

韩国风情

陶瓷

摄影

Irina Boersma

造型

Pernilla Löfberg

«— 金木月亮罐 Alana Wilson

↓ 陶瓷月亮罐 Kim Sang-in
藤椅 Gubi

Heo Buk 水罐 Warm
托盘 Kim Sang-in

陶器 Yoon-Young Hur

→ 月亮罐 Louise Egedal
插入型边桌 Ferm Living
屏风 Dry Studios

—» 陶壶和架子 Nancy Kwon
仿古榆木长凳 Room by Sarah

six

6

对话

雷吉娜·朴和

乔丹·伯克

文字
Alice Cavanagh

摄影
Genevieve Lutkin

妆发
Helena Kastensson

造型助理
Eliza Little

自12年前在伦敦的酒吧相识以来，韩国出生、伦敦生活的时装设计师雷吉娜·朴（Rejina Pyo）和她的丈夫、爱尔兰厨师乔丹·伯克（Jordan Bourke）的生活就交织在了一起。那时，乔丹刚从电影和电视制作专业毕业，而雷吉娜刚开始在中央圣马丁学院女装系攻读硕士。后来，在彼得舍姆苗圃餐厅（Petersham Nurseries Cafe）的斯凯·金格尔（Skye Gyngell）帮助下，乔丹的职业生涯转向烹饪，而他的妻子则创办了自己的时装品牌。无论是跟供应商沟通，还是面料裁剪，需要的时候，尤其在紧急的时候，他会搭把手。至于她的贡献，那就是将韩国烹饪艺术介绍给了乔丹，这使他们一起出版了2015年畅销食谱《我们的韩国厨房》。如今，他们的儿子卢卡三岁了，两个人在生活和职业领域琴瑟和鸣，这归功于他们共同的兴趣和生活方式。

雷吉娜，乔丹在你的时装公司里担任总监，你们是怎么开始合作的？

雷吉娜：头衔很好玩，其实可以包含不同的含义。乔丹没有正式参与我的业务，所以他不是那个意义上的总监。但他从我开始创业的时候就一直任劳任怨，那时候，我们只是互相帮助。而现在，我依旧很信任他，他总能给我最真诚的反馈。

你善于接受他的反馈吗？

雷吉娜：我是一个很好的听众。有个坦率诚实的人跟你说实话很重要，特别是在时尚界。我并不是总会听他的。如果我对这件事有信心，还是会按自己的想法办。

乔丹：而且我也会出错。曾有件衣服的设计，我很不喜欢，但结果那好像成了她设计过的最畅销的一件。

乔丹，雷吉娜是如何影响你的？反过来说，乔丹你对雷尼娜的影响是什么？

乔丹：她影响我很多，尤其是在韩国的时候。我在韩国的餐馆工作过，非常有意思。如果没有雷吉娜，我根本找不到那样的工作。在写作和设计食物造型方面，她的建议对我影响很大。

雷吉娜：这是一种团队合作。我没有任何专业的餐饮背景，却因为他成了食物评论家！

让职业和生活交织在一起，你们有没有过犹豫？

乔丹：我从来没有，我们俩的生活、工作都是一体的。

雷吉娜：我们从一开始就分享一切，谈论一切，所以这是很自然的。

是对食物的共同爱好让你们走到一起的吗？

雷吉娜：认识乔丹之前，我还算不上是个美食家，但已经很会吃了（笑）。

乔丹：我对雷吉娜，或者整体韩国人的看法是，他们可能一直都没有意识到，自己从小到大身处的饮食文化有什么出色和特别。在韩国，一个不起眼的厨师也可能让你惊艳，因为烹饪文化根深蒂固。他们好多没有食谱，做饭的手艺都是家传的。

雷吉娜：我一直觉得这是理所当然的。韩国人很注重传统，所以韩国料理这么多年并没有什么变化。所有旧的手艺都有保留和传承。

你们在家多久做一次韩国料理？

乔丹：百分之五六十的时候都吃韩国料理，而且不管什么时候，电饭锅里都有米饭，冰箱里常备泡菜。

雷吉娜，你在家做饭吗？

雷吉娜：做，但我做饭的时候，乔丹不能参与，我不想弄得自己像个副厨。轮到他的时候，他做的饭我都很爱吃。

雷吉娜·朴品牌

雷吉娜和乔丹都穿雷吉娜·朴品牌服装，有些单品来自S/S 2020中性系列。

你们是怎么把共同的爱好变成菜谱书的？刚有这个想法的时候觉得古怪吗？

乔丹：是的。我的出版经纪人建议我们出这本书的时候，我觉得不会有人买。

雷吉娜：但是书出版后，对韩国料理感兴趣的人越来越多了。我们没想到会得那么多奖。我很爱那本书，那是我们第一次公开合作。

对了，雷吉娜，你刚刚创立了一个中性服装产品线？

雷吉娜：是的，这是件自然而然的事情。我们公司的女孩，在办公室穿得很随意，以舒服为主，那些衣服总感觉是跟男孩借的。所以我想，要是设计的衣服男女都能穿就两全其美了。这个品牌的理念就是这么来的，要感觉毫不刻意，可以随意搭配。我的梦想是把现在的品牌变成家庭品牌，也许未来会做孩子的衣服和家居服。做日常生活中人们喜欢的东西，真是太美好了。

乔丹：这个品牌不仅仅是，怎么说呢，比如，设计一个手提包，它关乎你的日常生活。

雷吉娜：有了儿子以后，确实朝那个方向转变了。为人父母带给你不同的角度。你不再只想着现在，享受一切，然后离开这世界。我们的生活与下一代是息息相关的，我们得创造一个更美好的世界。

文化背景会影响你品牌的审美吗？

雷吉娜：这个问题很有意思。上次有人问我时，我的答案是否定的。但最近一次旅行的时候，我们参观了一个文化基地，在那儿，我看到一条有衣带的传统韩式裙子。我发现自己以前的设计里就有这样的元素，而我从来没把它们联系在一起过。

乔丹：有一些方面是受影响的。比如在韩国，人们很看重工艺、材质和质量。

雷吉娜和乔丹在沃尔默庭院。这是位于伦敦诺丁山的一个宅院，由彼得·萨特（Peter Salter）设计，建筑由四栋水泥木板房组成。这栋建筑有许多特别而诗意的元素，比如蒙古包形状的房间，打了蜂蜡的黑钢楼梯，还有几面以通风、透气著称的图法石墙（tufa stone wall）。

雷吉娜：我25岁才离开韩国。我经常觉得自己很幸运，因为我来自韩国，又了解欧洲的时尚行业，这种经历或许会让我们的品牌设计有国际范儿。

如果你儿子不能像你一样在韩国长大，你们希望他传承韩国文化中的什么？

雷吉娜：首先是能说韩语，并且了解这门语言的精微之处，我们对人的称谓很丰富。然后是食物，我们希望他能了解韩国风味。

乔丹：我去韩国时，最打动我的是那里的一切都在于分享和为别人考虑。不管你是跟家人还是朋友一起，他们总是先照顾你，而你也会先照顾他们。这种感情又真实又自然，我非常喜欢。这对卢卡很重要，我们在家里也尽量做到这一点。•

seven

7

染色的
月亮

詹姆斯普拉姆
工作室

文字

Alice Cavanagh

摄影

Rich Stapleton

这是一个注意力日益碎片化的世界，没人能逃脱无休止的影像推送和信息轰炸。也因此，欣赏艺术品的方式虽然直接影响人的体验，但它的重要性在今天正在被忽略。关于一件物品和周围环境之间的本质联系，詹姆斯普拉姆（JAMESPLUMB）跨学科工作室的创始人詹姆斯·罗素（James Russell）和汉娜·普拉姆（Hannah Plumb）已经琢磨了很长一段时间。他们在实验中，研究了艺术和设计对我们如何使用物品或生活空间的影响。他们独特的美学观点看似与众不同或不合时宜，却吸引了包括伊索（Aēsop）、爱马仕、霍斯特姆（Hostem）和PS实验室（PSLab）之类品牌在推广项目中的青睐。

1999年，在温布尔登艺术学院基金会的课堂上，夫妇俩第一次见面。如今，他们用联名品牌一起从事艺术实践已经十年了。罗素说："这是我们的艺术身份，它不是普拉姆或我，而是自成一体的。它有自己的声音。"普拉姆表示同意。他们的创作大部分从物质层面开始，先找到一件充满生命力的物品，再对其进行加工创造。普拉姆说："对我们来说，时间

汉娜·普拉姆 —— 对我们来说，时间也是一种物质。这与你的审美观有关……但这并不是说只有旧的物品才是好的，而是因为我们对经历过时间的物品会产生感情。

也是一种物质，这与你的审美观有关，例如古铜色的美，但这并不是说只有旧的物品才是好的，而是因为我们对经历过时间的物品会产生感情。”普拉姆的早期艺术理念植根于万物有灵论，与罗素于平凡中见到美的理念相得益彰。“我们最珍贵的物品之一，是一个在巴特西公园发现的黑色锥形交通路标，已经被车给压扁了。”她说。彼时，我们正坐在他们在伦敦南部的工作室里。这里离他们在斯托克韦尔的家不远，那是一栋两层小房子，上下各有两室。里面还住着他们的贝灵顿梗犬，名叫威尔弗雷德。工作室层高很高，有明亮的天窗、整整一面工具墙，很宽敞，适合手工加工和修补他们那些有名的大型作品。他们最新的作品是一个复杂而富有诗意的灯光装置，里面有八个月亮的图像，名为染色的月亮。作品就放在我们身边，已经被包装在板条箱里，准备运往北爱尔兰，参加名为寂静之光的为特别地点量身定制的展览。这个展览由英国国家信托基金会赞助，为期两周。

寂静之光表现了时光流逝之美，花了18个月完成布展，其背后有令人惊讶的细节和思考。展览在黄昏之后开幕，观众只能在黑暗中观赏，整个展览展示月亮的半个周期变化——从满月到新月。这个作品的构思开始于五年前，几个废弃的维多利亚时代（1837—1901）的温室被发现，很快它们被拆除并出售。普拉姆被长满苔藓的窗格玻璃迷住了，那正是时间的化身。随后，他们开始创作染色的月亮这个作品，那是一个漫长而让人沉迷的过程，要先进行广泛的“访谈”。“访谈”是夫妇俩给选材料的流程起的名字，最早是罗素的母亲使用的，她是个缝拼布被子的裁缝，管选面料的过程叫作面料访谈。普拉姆观察到：“有些玻璃上有绿色的苔藓，有些没有那么明显。但是如果你对着光看，会看到隐隐约约的痕迹。”他们开始拿着旧玻璃玩光的反射游戏。“玩着玩着，不知从什么时候开始，我们觉得这些苔藓就像月球表面。”罗素说。他们把这些玻璃简单清洗，留下来的轮廓用来描绘月亮周期的不同阶段。普拉姆解释道：“最后，我们想用苔藓做出图像。”“我们特别兴奋。”罗素补充说，“谁都会被月亮的力量和美丽打动。”

有一天，罗素与普拉姆偶然遇到了18世纪后期建造的穆森登神庙（Mussenden Temple），那曾是一个倒塌的庄园图书馆，主人是个古怪的伯爵主教。此时，寂静之光的想法诞生了。神庙建在伦敦德里郡约37米高的悬崖顶上，可以俯瞰大西洋。在这里，重叠的温室玻璃创建的图像，用八个投影机投影在悬浮的纸上。这些投影仪是在詹姆斯普拉姆工作室手工制作的，本身就是具有美感的物品。内部八角形的神庙房间为这个作品提供了完美的场地。另外，还有一条长长的、有舞台感的小路通往悬崖上的神庙。罗素说："我们喜欢这个神庙，它有一种过渡感，从露天的小路进入室内的保护感。"为了让对比更强烈，参观者在室内和室外都不许说话或使用手机——这里安静得可以听到自己的脚步声。"从某种意义上说，这是神庙自己创造的一片真空。"普拉姆说。夜幕降临后，这座寂静的建筑像一座肃穆的天文台，只有投影仪投射出的光，以及纸张反射的光辉。精致的有苔藓痕迹的玻璃阴影仿制出月亮远古般的光辉，这是多么奇妙的当代解药。•

寂静之光于2020年2月9日至23日在穆森登神庙展出。

詹姆斯·罗素 —— 我们喜欢这个神庙，它有一种过渡感，从露天的小路进入室内的保护感。

eight

8

捕捉寂静

具本昌的
摄影艺术

文字
Ollie Horne

摄影
Rich Stapleton

首尔的郊区，穿过种满银杏树的林荫大道和高耸的公寓楼群，在一个简朴的白色混凝土大厦里，坐落着摄影家具本昌（Koo Bohnchang）的四层楼的工作室。助理打开玻璃门，把我迎进去。我发现自己被朝鲜王朝时代白色瓷器的照片包围，照片的相框都非常大，靠在混凝土墙上，有些还包着泡沫包装，巨大的特写把瓷器精致的美感表现得淋漓尽致。如此大的尺寸下，瓷器有了建筑般的质感：焦点微微聚焦在顶部；底部则隐入微妙的虚化背景中，好像一栋建筑的底部，与顶部之间隔着许多楼层。我注意到这些照片的光都很柔和，大多数是黑白的，还有一些具有粉色光晕。站在一张月亮罐的照片面前，它的拍摄镜头近到构图都变得抽象，让我感觉自己被笼罩在瓷器柔和、宁静的气息中。

A.

照片上可以看到麻点、细细的裂缝、污迹等不完美之处，这些不完美也有上百年的年岁了。具本昌有一张和善又开朗的脸庞，头发花白。他说："我一直喜欢表现时间的痕迹，我想揭示图像所传达的历史痕迹。宁静、朴实的朝鲜王朝时代瓷器，让我想起那时上流社会妇女的生活：女人们大部分的时间都在室内，很少去室外露面。对我来说，白瓷的颜色、形状和线条很像女性的身体。"

B.

具本昌的白瓷系列，最早是想把散落在世界各大博物馆的朝鲜白瓷集结在一起。为了这个系列，他先后去过巴黎吉美亚洲艺术博物馆、日本大阪东方陶瓷博物馆、美国纽约大都会艺术博物馆、英国伦敦大英博物馆和旧金山亚洲艺术馆，等等。在名为月亮升起的作品中，他单独拍摄了六个18世纪的月亮罐，随着拍摄每张照片的光线渐暗，就像月亮的周期变化。"白瓷这个系列用了我自己的方式来介绍韩国文化。"具本昌说，"之前，人们只能在博物馆目录中看到这些瓷器的照片，没有其他版本的照片或诠释。通过摄影作品，我以非客观的方式表达它们给我的印象。"

"白瓷"的首个个人展览，于2006年在首尔的国际画廊举行，享有很高的知名度。这个系列的作品现在和它们的陶瓷原件分别在大英博物馆、英国V & A博物馆和巴黎吉美亚洲艺术博物馆展出。"我认为，策展人想要表现大幅面照片和小巧的原件之间的张力。"具本昌说。

在具本昌工作室里还有其他系列的作品，比如韩国面具系列，这是他首次拍摄的韩国传统文化系列，以及肥皂的静物写生，名为每日珍宝系列。最后这个系列与白瓷系列形成了有趣的对比：首先，照片似乎根本不是在表现肥皂，而是用肥皂雕刻出来的作品。有些像纵向延伸着黑色纹理的白色大理石，有一块的样子非常独特，几乎像个当代花瓶。一块桃色肥皂的边是花瓣形状的，还有一块球状的肥皂呈现出生动的紫色调，看上去简直像紫水晶。具本昌在他四处旅行和去大学讲课时收集的肥皂，带回家一段时间以后才慢慢有了这个新系列的想法。这些肥皂在溶解和消失前所具有的短暂的美感，和朝鲜王朝时代简单、低调的瓷器有异曲同工之处。

A. **面具系列，加桑·欧旺达，2002年**

这是三个戴着面具，身穿传统面具舞服饰的人物。面具舞在朝鲜的黄海道叫talchum。这个舞蹈名叫加桑·欧旺达（Gasan Ogwangdae），以驱魔舞开头，驱魔舞的名字叫五神向五方（*The Dance of the Five Gods of the Five Directions*）。

B. **白瓷系列，HR 10-1 PL BW，2006年**

朝鲜王朝时代的白瓷花瓶，由韩国首尔湖林博物馆永久收藏。

C. **白瓷系列，JM 04-1，2006年**

两个朝鲜王朝时代的月亮罐，藏于位于东京的日本民间工艺博物馆。

D. **黄金系列照片，PT 001，2018年**

作品展示的是18世纪的金块，它由美洲黄金制品融化而成，在20世纪的沉船中被发现，现在藏于西班牙马德里考古博物馆。

C.

D.

具本昌 ——（在白瓷系列瓷器）娇小的外观之下，我似乎能听到它们里面的声音……我希望观众可以听到我捕捉到的，并且感觉到那些微妙的振动。

白瓷

朝鲜王朝时代，白瓷取代了之前的高丽青瓷。宁静的白色瓷器体现着谦虚、端庄、节俭的儒家价值观。

这些静物提出一个核心问题，即珍贵意味着什么。在去利马教学的旅途中，具本昌意识到，地球上几乎每种文化都认为黄金才是非常有价值的东西。他说："这是全球通行的概念，每种文化都在歌颂黄金。我开始好奇，想做一个相关的记录项目。在利马的黄金博物馆，我拍下了这个。"他给我看一张照片，两只用黄金合金制成的手，与手连接的前臂上刻有复杂的几何图案。这是他新的黄金系列中的一张。他解释说："在秘鲁的历史中，黄金不仅具有装饰意义，还是入侵者洗劫的目标。我正在考虑拍成双联图片，把秘鲁的黄金制品和西班牙征服者的剑放在一起。殖民故事是全人类的故事，我对这些故事特别有共鸣，因为这与日本占领朝鲜半岛是类似的。"

我们会面的时候，具本昌正要去东京的禅摄影画廊（Zen Foto Gallery）参加自己展览的开幕式。展览的名字叫漫长午后的秘密追逐，是他在1985年首尔街头的摄影作品展。他说："我做摄影师最开始是因为喜欢街头摄影。我有着广泛的爱好，最后这些热情都在这件事上统一了起来。没有以前的经验，我应该很难像今天这样能在白瓷系列中把瓷器表面的那种极度宁静感表现出来。娇小的外观之下，我似乎能听到它们里面的声音。它们就像哈默修依（Hammershøi）的画，寂静、空灵。我希望观众可以听到我捕捉到的，甚至感觉到那些微妙的振动。"

工作室顶层的布置更传统一些。透明的窗帘柔化了射进来的光线，一幅山的照片挂在墙的正中间。"那是金刚山，"具本昌告诉我，"有很多关于它的艺术作品。韩国诗人和画家都喜欢去那里朝圣。我特别喜欢郑善（Jeong Seon）在18世纪画的《金刚全图》（*Geumgang Jeondo*），它是一幅金刚山概览图。之前我有幸去了一趟，还拍到了这张照片。"我了解到，这座山每个季节都有不同的名字，其中最为常用的名字金刚山是它春天的名字。具本昌解释道："金刚的意思是钻石，金刚山因其顶峰的形状像钻石而得名。"

后来，我们坐下来翻阅具本昌历年来发表的大量作品。在谈到自己的职业生涯时，他总是会提到"多面"这个词。我们的会面过了很长时间后，这个词还会和山的形象一起出现在我的脑中。•

nine

9

月 光

国际化的

韩式风格

摄影

Adam Barclay

造型

Katie Barclay

模特

Shenyue Ding, Models 1

Brad Alexander, Linden Staub

妆发

Jo Clayton

布景

Adam Barclay

← 衬衣 Levi's Made & Crafted
半裙 Roksanda
戒指和手环 Jacqueline Rabun
灯具 Marset

↓ 包 Loewe

→ 大衣 Le 17 Septembre
衬衣 Connolly
帽子 Greenpacha from Matchesfashion

↓ 全身服装 Trunk
鞋 John Lobb

↓ 连衣裙 Joseph
手镯 All Blues
鞋 Neous

↓ 衬衣 Rejina Pyo

帽子 Stephen Jones

→ 针织衫（从下到上）

Connolly

Bamford

Le 17 Septembre

Acne Studios

← 衬衣 Solid Homme
裤子 A Kind of Guise
鞋 Erkn

↓ 针织衫 Trunk
裤子 Trunk
表 Omega
椅子 Molteni & C

下午　香皂及皂碟

Binu Binu

ten

10

传统与哲学

儒学
在韩国

文字
R Aslan

摄影
Hosanna Swee

地点
Jongmyo Shrine

孔子

中国古代思想家、教育家，英语译名Confucius，于公元前551年出生于鲁国陬邑（今中国山东曲阜）。传统上，韩国人在9月28日庆祝他的生日。孔子的父亲在他三岁时去世，他在贫寒的家境中由母亲颜徵在抚养长大，19岁时与亓官氏结婚，育有两个女儿、一个儿子。孔子出身卑微，但有出色的文化思想，对人们进行行为规范和人格修养的教育等思想让他声名鹊起。他的政治思想以践行“仁”而闻名。在鲁国担任司寇一段时间后，孔子觉得统治阶级对他的道德观点和政治思想缺乏兴趣，因此辞官周游列国。在他13年的自我流放中，他徒劳地寻找愿意实践他想法的明君。67岁回到故土，5年后（公元前479年）去世时，相传孔子弟子三千。他生前整理、编订《诗》《书》《礼》《乐》《春秋》等典籍，其弟子及再传弟子据其生前言行编纂了《论语》。

冬季的天空中出现浅浅的月牙。人们乘火车、汽车、飞机等交通工具，从全国甚至世界各地赶回来庆祝农历新年（설날，seollal）。在清晨微白的光线下，一家人开始做祀奉（제사，jesa），这是儒家文化与韩国文化融合后流传下来的纪念祖先的传统仪式。胃里空空如也，身体洁净，衣服刚刚浆洗、熨烫过：有人穿欧式礼服；有人穿传统的短袄（저고리，jeogori），下面配高腰裙和长裤。房间的北墙挂着一面可以折叠的布。摆放祖先牌位的桌上铺着雪白的桌布，上面整齐地摆着三排白碗。第一排摆在进行祭祀的子孙们这边，里面放着柚子、苹果、栗子和枣，还有堆得高高的柿子……它们的摆放也很有讲究，颜色相同的会放在一起。第二排装着切成薄片的豆腐、肥美的鱼肉，鱼的脊柱朝向祖先的方向，此外还有酸菜和腌肉。最后一排是盛得尖尖的米饭，还有汤。每位祖先都有自己的牌位，男人的朝西，女人的朝东，每个人的名字分别用汉字写在一张纸上，贴在简朴的木质牌位上。两边有蜡烛在燃烧。

祭祀仪式中，祭酒（제주，jeju）由家里最年长的男性继承人担任。如果没有儿子，责任就落到堂兄或堂兄的长子身上。祭酒点起香，一缕烟雾升上天花板，空气里充满香的味道，他们认为这样可以从天上召唤祖先的魂灵。祭酒的妻子把盛满烧酒（청주，cheongju）的杯子递给他，他连倒三杯，酒洒进装满沙子的碗中，他们认为这样可以从地下召唤祖先的魂灵。然后祭酒鞠躬两次，妻子鞠躬四次。

每家仪式的细节都略有不同，不过给祖先供奉米饭和汤的时候，都是由老及幼。鞠躬的时候也是年纪大的排在前面，年轻的在后面。鞠完躬后，男人向东退，面朝西，女人向西退，面朝东，让祖先们“享用”贡品，只有祭酒在场陪

伴。之后，祭酒会清三下喉咙，告诉祖先子孙们要回来了。人们还是按照年纪依次返回，男人从东边回，女人从西边回。每个人都站回到自己的位置，开始泡茶，念祈祷词，祭酒把写有祖先名字的纸点着后，人们开始最后的仪式：吃祭品（음복，eumbok）。全家人一起分享贡品和贡酒，"接受祖先的祝福"。

类似的仪式每年要举行很多次，诸如在秋夕节（추석，Chuseok）、死者的祭日、每个季节开始的时候，还有扫墓的时候。在朝鲜王朝时代，乐师、舞者以及学者等会在宗庙（Jongmyo Shrine）庄严的大厅里举行一套复杂的仪式，表达对朝鲜王朝各位国王和王后的敬意。宗庙始建于14世纪，日本入侵时被烧毁，17世纪又重建，这些仪式已有700多年的历史。再往南，洛东江的冲击平原上，松树遮蔽的屏山书院（Byeongsan Seowon）门外，棕色的河水缓缓流过。这个儒学书院成立于1613年，因对岸的一座山峰而得名。圆木柱撑起倾斜的屋顶，每个房间都很凉爽。多少代年轻人曾聚在这尘土飞扬的院子里，院中的石阶被无数人踩踏过，磨得光滑而平整。学子们刻苦地背诵大量的课本内容，准备参加能让他们成为官员的科举考试。理论上讲，即使是出身最低微的人，也可以通过努力学习，在森严的等级制度中找到立足之地。

然而，故事还有另一面。对韩国人来说，只有男性继承人和传宗接代才是重要的，女人可以说是生活在完全不同的世界。

一位朋友苦笑着告诉我："女人在韩国的地位，就是这样。我一回国，就要低下头，对每个劝我结婚的人说是。"她喝了一口酒，继续说："韩国是一个非常传统的地方，非常尊崇儒家文化。当然，情况正在改变，只是非常非常缓慢。"她慷慨地同意和我见面、聊天。我告诉她，历史书和网站上不可能找到韩国的全貌。她还带了从韩国来探访的姐姐一起过来："她是更适合你采访的韩国人，因为她没有像我一样离开那里。"

端着一杯红酒，眼睛里闪烁着回忆的光芒，她娓娓道来："在老家的房子里，我祖父有他专用的碗、杯子和筷子。"她姐姐大笑："其他人都不准用。"她皱着眉头，脸上一副嘲讽的表情："那是一种侮辱。"笑声消失，她转向姐姐，两个人开始用韩语交流。朋友说："我姐姐说，即使是现在，在休息的时候，家里还是女人为男人服务，二者的界限非常明显。"她姐姐看着我，点点头，然后耸了耸肩。"男人的餐桌和女人的是分开的，大家都要等年长者先动筷子。姐姐说的情况，我没遇到，因为我回到韩国的家里时，被视为客人。"朋友停顿了一下继续说，"有意思的是，和祖父在一起时，我能接受所有的等级要求，因为我非常敬爱、尊重他。但是和父亲在一起时，这些规矩快要把我逼疯了。"姐姐关切地看着妹妹，妹妹用手指轻敲桌面，继续说："这感觉像是被强迫的，好像回到了高中，高年级学生可以命令低年级学生做任何事，低年级的学生不能抱怨，也不能问为什么。不过，这就是传统，不是吗？有好有坏。"谈话到这里，我们沉默了。

我们还谈到家庭，以及不同年龄和性别的人在其中的感受。她们告诉我被期待

新儒学

韩国儒学应被归类为理学。新儒学深受中国南宋朱熹（1130－1200）影响，在孔子哲学的基础上进行了修改。韩国儒学注重道德规范和国家稳定，对个人灵性的发展并不重视。有一幅著名的画叫《三酸图》（又称《尝醋翁》），有人认为它画的是孔子、佛陀和老子从一个醋罐里蘸醋尝味道——反映了人们对儒释道兼容性的认同。新儒学于元朝（1206－1368）从中国传入韩国，当时的官僚和知识分子阶层因为对国家军事力量的失望，以及对佛教贵族兴起的反感，很快接受了新儒学。高丽王朝灭亡后，它成为14世纪末期兴起的朝鲜王朝的国学。经过改革，新儒学迅速在新的社会里扎下根来，从个人道德和社会关系等各个领域塑造着韩国人的生活，体现出文化的发展以及法律和官僚制度的作用。

生男孩的压力，还有不愿意做祀奉带给婚姻的压力。我们谈到人们普遍不愿意承认自己对儒家文化传统的坚持，但这种处世哲学思想在生活中对人们的影响深远——它是所有东西的黏合剂、一个稳定因素、道德指南针和社会凝聚力的起点，是韩国人的身份认同。它使韩国人在处于韩国历史上黑暗的时代和战争时有所寄托。我们还谈到战后的贫困和繁荣年代的经济急剧增长，以及坚固的保守主义和对变革的抵抗。

我问朋友：“你认为韩国需要改变吗？”

“是的。”朋友毫不犹豫地说，她的姐姐看着她。

“传统会阻止它改变吗？”长时间的停顿。

“是的。”她终于说出了自己的观点，姐姐也点点头。

“那么，如果没有传统，韩国会是什么样？”我问。她扬起眉毛，吸了一口气，屏住呼吸。她透过玻璃窗和咖啡馆前面的脚手架向外望去，外面是被雨水浸透的停机坪。

她看着姐姐，回答我说：“我无法想象，那会一片混乱。”•

韩国宗教

韩国的宗教情况反映了朝鲜半岛的复杂历史。民间宗教一直存在，但因受到不同中国文化的影响，并非一成不变。道教在朝鲜半岛流行过几个世纪，佛教于1000年左右成为高丽国教。在朝鲜王朝时代，尽管新儒学占上风，但佛教的影响一直没有消失。基督教则直到19世纪末才得以立足。日本殖民时期（1910—1945）结束后，韩国改信基督教的人数激增。2000年以来，基督徒和佛教徒的人数呈下降趋势。在2015年的调查中，韩国基督徒人数不到三成，其中大多数是新教徒，只有15%的韩国人是佛教徒。56%的人声称自己没有宗教信仰，其中15%的人为无神论者。

11

元素建筑

伊丹润与
济州岛

文字
Robert J. Fouser

摄影
Hosanna Swee

伊丹润从来没有成为真正的日本人，也不完全是韩国人。济州岛独特的风景和文化……给了他一种“生活在别处”的自由和舒适感。

伊丹润（Itami Jun，1937 – 2011）是一位富有创造力的建筑设计师，曾在日本和韩国工作。他对朝鲜半岛西南的济州岛产生了深厚的感情。这座火山岛的中心是韩国最高峰汉拿山，山势纵横。岛上有60万人口，大多数人生活在狭窄的海岸线上，他们的生活和大海休戚相关。温暖湿润的气候让这里的绿化比韩国大陆上的更好。黑色的火山石和强风给予这座岛屿狂野而质朴的特质，一直以来吸引了很多艺术家前来。

伊丹润生于东京，在东京西南100千米的清水镇长大。父母是韩国人，他们在日本殖民时期移居日本，并在那里扎下了根。1948年韩国成立后，由于各种原因而留在日本的韩国人被称为在日韩国人（Zainichi Koreans），或韩国居留者（resident Koreans），人们用这些称呼来指出他们作为日本居民，但不是日本公民的局外人身份。在日韩国人没有正式身份，在教育和工作领域饱受歧视，很难有稳定的工作。为了生存，许多在日韩国人选择做小生意，或者从事艺术之类的自由职业。

伊丹润一生都为他的身份困境而挣扎。出生的时候他叫庾东龙（Yoo Dong-Ryong），为了商业形象，他改名叫伊丹润。“伊丹”这个名字来自大阪－伊丹国际机场，这个机场离韩国很近，是他第一次坐飞机的起飞地；“润”取自吉田润（Gil Ok-Yun），吉田润是他朋友——一位有名的韩国词曲作者——的日语艺名。尽管取了日本名字，伊丹润一直保留着韩国国籍。他于1968年第一次回到韩国，并在那一年开始做建筑设计。他在韩国各地进行实地考察，后来收入越来越高，也经常旅行去见客户。旅行的时候，他经常购买韩国古董。在他东京的住所和办公室中，他的藏品非常可观。从1975年到2010年，他出版了几本关于韩国艺术和建筑的重要著作。

20世纪70年代中期到90年代中期，伊丹润大部分的设计作品在日本建造。他专攻住宅、商业建筑设计和室内装饰。这个时期，他最重要的作品之一是北海道北部的石头教堂（1991年），另一个代表作是韩国温阳民俗博物馆（1982年）。后者跟韩国当时的其他建筑作品大不相同，奠定了伊丹润在韩国的声望。

1970年，伊丹润第一次到济州岛。他在岛上的第一个项目是为一位在日韩国人装修公寓。大海和海滨小镇让他想起故乡清水，后来他曾多次因此到济州岛，想退休以后搬到那里。不过，伊丹润在2011年突然去世。伊丹润从来没有成为真正的日本人，也不完全是韩国人。济州岛独特的风景和文化，让他忘记了自己身份认同的问题，给了他一种“生活在别处”的自由和舒适感。

空中教堂

由伊丹润设计、建在济州岛上的空中教堂（2009年）与其周围环境相呼应：镀锌屋顶和周围的水池反射天空中不断变化的灰色和蓝色，玻璃和木材相间的墙体进一步模糊了环境和建筑之间的界限。

20世纪90年代后期的一天，伊丹润接到在日韩国人金洪柱（Kim Hongju）的电话，金洪柱是日本著名盒式餐饮连锁店上户本屋品牌的创始人。金洪柱喜欢伊丹润的作品，请他在济州岛上设计宾克斯集团的度假村。见面之前，金洪柱不知道伊丹润也是在日韩国人。

葡萄酒店（Podo Hotel）于2001年完工，设计灵感来自济州岛传统村庄。那里的茅草屋顶上还覆盖了一层用石头和绳编成的网，在济州岛的强风下，从远处看起来它们就像缓慢滚动的山丘。以这样的景象为原型，伊丹润将酒店屋顶构思成葡萄藤

他的作品不断提醒着人们：人类及其创造的建筑物只会在地球上短暂地存在。

上悬挂的葡萄形状。酒店的名字podo在韩语中是葡萄的意思。室内设计方面，他借鉴了传统韩国、日本建筑风格，打造一个安静、温暖的“生活在别处”的空间。

金洪柱想为宾克斯集团的联排别墅注入一些文化因素，伊丹润提出建三栋建筑，代表三种自然元素——水、风和石，以示对济州岛的敬意。有金洪柱充足的资金支持，这个项目于2006年完成，受到布朗奎（Brâncuși）的“居住雕塑”（inhabited sculpture）理念启发，这个作品命名为博物馆。每个博物馆都以一个元素为主题，游客游览时，影子会投射在背景墙上。博物馆还和周围环境中的元素互动：水博物馆是露天的，雨水会落在博物馆中的长方形水池里；风博物馆外墙的板条是风的扩音器；石博物馆像一个杂草丛生的集装箱，在它之中有一双石雕的手，放在巨石上，游客可以从室外露台或较暗的博物馆内部注视它。

最后一栋建筑，空中教堂，位于联排别墅附近。这座教堂于2009年完工，离伊丹润去世仅两年时间。为了在被俯视时能吸引观者的视线，屋顶用的是闪亮的三角形镀锌板。教堂的整体形状像一条船，隐喻着挪亚方舟，教堂周围是一个浅水池，游客可以通过石道进入教堂。

2019年8月，由郑大元执导的电影《伊丹润的海》在韩国上映，讲的是伊丹润的故事。影片中，日本著名建筑师隈研吾这样评价他：“建筑在建成后，会继续活着，就像人活着一样，所以设计的时候要考虑时间对它的影响。这很重要，但是很少有建筑师考虑到这一点。我认为伊丹润先生总会考虑到这一点——建筑是怎样随时间而变化的。”伊丹润在济州岛的杰作，随着它们与大自然的互动而不断变化。颜色会褪色、黯淡，材料会破损，会需要人不断打理。他的作品不断提醒着人们：人类及其创造的建筑物只会在地球上短暂地存在。•

CEREAL | 元素建筑 | 伊丹润与济州岛 | thepinx.co.kr

twelve

12

艺术家访谈

约翰·扎巴瓦

文字
Justin H. Min

摄影
Justin Chung

约翰·扎巴瓦 —— 作为一名艺术家，最好的灵感来自自己的故事、经历和根。

一杯热气腾腾的大麦茶递到我手上。有那么一瞬间，我以为回到了小时候的奶奶家，刚给大人们拜完年，吃完米糕汤。但今天是公历新年的第二天，我坐在约翰·扎巴瓦（John Zabawa）对面。在他位于洛杉矶回声公园附近的家，阳光径直穿过窗户，暖暖地照在我们身上。我问他，是不是因为知道我们肯定会谈到他的韩国血统，所以故意泡了大麦茶。他说："没有，我真的很喜欢这茶的味道。"说罢，他笑起来。

如果你告诉我扎巴瓦有一半韩国血统，我肯定不信。我自己就是韩国人，自认为很擅长辨认有韩国血统的人——无论他父母双方还是一方是韩国人。而扎巴瓦是个谜。他的外表很引人注目，长而立体的脸庞，大大的淡褐色瞳仁，留着披肩发。他坦言："我的脸亚洲特征不是很明显，我爸的白人基因在我身上表现得比较突出。但人们看到我和妈妈或其他亚洲人在一起时，会说：'对啊，你是亚洲人。'大部分时候，人们都觉得我是印第安人或西班牙人。"

我们站起来，扎巴瓦领我走到床边的桌子旁，桌子上放着他的旧照片。那些磨损的正方形和长方形照片像是一个个窗口，让我看到了一个韩国人的童年。在平泽附近的美国陆军汉弗莱斯基地，他和妹妹穿着传统韩服；一家人去济州岛度假；姥姥、姥爷站在镜头前。他说："我对韩国印象最深刻的是我们搬家的那天。在去机场的出租车上，我问妈妈要去哪里。她说我们要去美国了，我只记得她哭了一路。她已经20多年没有回去了，所以即使现在想起来，我还是有些难过。"

远处的墙上，我瞥见斯坦贝克（Steinbeck）、鲍德温（Baldwin）、凯鲁亚克（Kerouac）和凯西（Kesey）的书。我想起在韩国的时候，扎巴瓦也是在国际学校就读，住在军事基地里，和家人、朋友主要用英语沟通。某种意义上说，他在移居美国之前也是美国人。但是他对韩国料理有深深的依赖，他说："无论是在韩国，还是在我们搬到密苏里州后，食物都是我与韩国文化的最紧密的联系。我们来到美国，开始广泛接触美国文化，比如过感恩节和复活节，但妈妈总会煮韩国料理。即使是现在，一闻到韩国料理的味道，我就又变成了韩国小男孩。"

扎巴瓦将手举到窗户边，光影在手上更迭流动，看上去像万花筒里的景象。"我记得我们总去的韩国超市里有个年纪挺大的人。有一天，他走过来握住我的手，拍了一下。我不知道什么意思，妈妈告诉我，他说我肯定会有钱，因为我有一双大手。"他把手放得离我近一点儿，我仔细看去，他的手掌很宽，手指却很细，对艺术家来说是一双完美的手。老人是对的，他的财富是从手上来的。

他说："随着时间流逝，我越来越想和自己文化的根找到联结。作为一名艺术家，最好的灵感来自自己的故事、经历和根。只有从自己的生活和经验中汲取营养，才能创作出具有诚意的作品，而这正是我想实现的。"深入了解自己的历史和文化，看到的并不总是美好的。扎巴瓦说："我有个韩国妈妈，我知道韩国人骨子里很急功近利。我妈妈关心的永远是钱，钱，钱。这种焦虑根植到了我心里。"

GRAPEFRUIT
SURFING CALIFORNIA
THE CONTEMPORARY AMERICAN POETS
JACK KEROUAC THE SUBTERRANEANS
BIG SUR JACK KEROUAC
GOING TO MEET THE MAN JAMES BALDWIN
JOHN STEINBECK TRAVELS WITH CHARLEY
CHARLES BUKOWSKI HAM ON RYE
2020
The Japanese Art of Stone Appreciation
ROYAL

在我们的谈话中，金钱这个词经常出现。扎巴瓦一生都在抗拒把艺术当商品。他说："我认识你，就会送你我的作品。你对我好，我也会送你我的作品。"但是成人后，他发现人们将金钱作为表达对他作品热爱和欣赏的一种方式。妈妈经常训导他："人们为你的作品付钱，说明他们喜欢你的东西，你不要也很不礼貌。"

环顾四周，我发现扎巴瓦也喜欢买好东西摆在家里。厨房里挂着照片，架子上放着一桶白漆，桌子上有一台打字机。每件东西都是精心挑选、仔细摆放的。在这间房子里，你会想要触摸和端详那些东西，它们会唤起你心中对精致的物品的渴望。他说："现在家里我最喜欢的一样东西是从叙利亚阿勒颇带回来的肥皂。真正古法制造的肥皂，它是棕色的，有绿色的光泽。这虽然只是一块肥皂，可是我真是太喜欢它了。"

到了中午，我问扎巴瓦明年最想做的事是什么。他说："我终于要回韩国，去看看我的家人了。我要带妈妈一起回去。"听到这里，我很想知道扎巴瓦应该算是韩国艺术家，还是美国艺术家，或者是美裔亚洲艺术家。他说："我其实不在乎别人怎么看我，而是希望自己因为作品而为人所知。"●

文字
Stella Kim

我母亲是来美国的第一代韩国移民。我目睹了她为适应这个全新的文化所做的所有努力。离开熟悉的家人、朋友，开始自己的，以及我哥哥和我的生活新篇章。她刚到美国的时候，几乎一个英语单词都不会说，之后因为签证的限制，好多年都没回过韩国。这样的情况在我们周围并不罕见。那时候，带着孩子的韩国妈妈来美国并不是来寻求新的机遇的——不管有什么样的过去，她们都得全部放下，在这里，什么工作都得干，她们付出一切，只是为了让家人能在这里安顿下来。

从小，母亲就教我言谈举止要有예의，它的大致意思是礼貌，指遵循儒家文化的各种礼节，凡事都有“正确”的规矩。姑且不论这些规矩是好还是坏，多少个世纪以来，它们在韩国文化中代代传承，根深蒂固，是韩国人表达对他人尊重的方式。对韩国女人来说，除了这些礼节，她还被要求有良好的品行和贞操。最关键的部分是，这些品质要以一种微妙和被动的方式来表现，比如与上级和长辈交谈时要将视线移开，就算不同意他们的观点，也不能当面反对，始终保持柔和的语调，等等。在工作场合，教养更加被强调，更有权力的职位一般被年长的人占据，而处于初级职位的职员（尤其是女性）则必须谨言慎行，以免显得不礼貌或粗鲁。

作为生活在美国的成年人，从小所受的韩国式的教养训练，有时候会成为生活中的障碍。我工作的行业女性居多，与这些直率、充满活力的女人一起工作，让我意识到自己是多么含蓄和不坦率。我常常遇到关于男女平等、争取自己的权益和公司透明度的交谈，但文化差异这件事似乎很少被提及。在我职业生涯的十年中，每天都会有意识地避免表现得强势（这是我的传统教养），尽量不和同事有正面冲突。有时我扪心自问，作为一个韩裔美国女人，在两种截然不同的文化和交流方式产生的内在张力之中，如何才能找到平衡？很多时候，虽然很难平衡，但我觉得自己也因此有更丰富的社交互动和表达。

每次想起母亲的移民经历，我都会感到淡淡的忧伤。对她来说，什么独立平等、争取权益，都是很奢侈的想法。她每天都在自己的韩国背景和这个陌生的异域世界之间挣扎。我觉得自己有责任为了我们两代人去实现“美国梦”，尽管其实我也不是很清楚，怎样才算是实现了这个梦。

唯一能够确定的是，作为一名韩裔美国女性，我有着归属感和自己的目标。我所拥有的多文化背景知识，让我能够整合不一样的思维和表达方式，具有更宽广的理解力、同情心和适应能力。韩国教养培育中对人深刻的尊重，应该与从美国同行那里学到的自信相结合。让这种跨文化的思维方式和处事方法得到认可、理解和接纳，就是我的自信所在。我的处事方式让我很容易和周围的女人交心，我可以更包容、更灵活，而双文化背景就是这些力量和勇气的源泉。因此，我希望这篇文章能够表达我对母亲的感激，没有她就没有我的今天。•

晚上　洗手液

品牌 Eath Library

thirteen

13

青松斋

泰阳的现代韩屋

文字
Ollie Horne

摄影
Rich Stapleton

泰阳 —— 漂亮的装修绝不是我的最终目标，装修得好看的房子有的是，多我这一个没有任何意义。房子是我的工具，它可以展示在现代生活中使用韩国传统建筑的可能性。

首尔北村，低矮的韩式院落中央矗立着一棵松树，树冠像一朵多刺的绿色云朵从深灰色屋顶上空升起。墙上的松木梁、窗框和屋檐在上午温暖的阳光照射下闪烁着光芒。我脱掉鞋子，跟随设计师泰阳（Teo Yang）进入他的私宅和工作室。他往一个小巧的陶瓷杯里倒满绿茶，茶杯放在圆桌上的韩式托盘上。

泰阳说："这栋院子名叫青松斋，意为有青松的院子，是根据院子里的树命名的。松树在韩国是坚强和长寿的象征。这座房子建于1917年，当时是日本殖民时期，这个名字有抵抗的含义在里面。"泰阳是个温柔的人，轻声说着话，手腕被另一只手握着。"我运气很好，找到这栋房子并了解了它的历史。首尔的大多数人都住在现代化的公寓里，由于整个国家都非常重视发展、创新和企业家精神，我们的传统文化被严重忽视和遗失。作为一名设计师，捍卫和保护传统是我的责任。"

喜鹊和老虎

喜鹊和老虎（Kkachi horangi）是韩国民俗画的常见题材。喜鹊常象征普通百姓，而老虎则与贵族有关。老虎经常被画成有怪异的面部表情，有个昵称叫babohorangi，意为傻老虎。因此，民俗画也有讽刺封建社会等级制度的内涵。

泰阳在韩国首尔和美国度过童年时光，并在芝加哥艺术学院和帕萨迪纳艺术中心设计学院，学习室内和环境设计，然后搬到阿姆斯特丹为荷兰设计师马塞尔·万德斯（Marcel Wanders）工作。2009年返回首尔时，韩国的美和传统文化再次激起了他的热情，于是他成立了泰阳工作室。2011年，他搬进了这栋韩屋。他说："韩屋对我来说非常陌生，只在图片和电视上见过，如今它们这么罕见，我从来没想过有一天能住在里面。80年代末期，这里还到处是韩屋，但是因为没有得到很好的保护，大部分都已经不见了。我觉得保护和留存传统建筑是我的责任，我应当对它们做些现代化的改造，做这个相关的平台。漂亮的装修绝不是我的最终目标，装修得好看的房子有的是，多我这一个没有任何意义。房子是我的工具，它可以展示在现代生活中使用韩国传统建筑的可能性。"

泰阳带我看的每个房间都彰显着他对传统的尊重。我们走进一个私密餐厅，窄餐桌两侧有松木框的玻璃门。一幅李禹焕的现代画挂在房间一端，蓝色竖线条渐变成一团黄色的雾气，非常神秘。还有个镶嵌着玻璃的复杂格子木框，在地板上投射出几何形状的阴影。我问他那是什么。泰阳说："这是模仿汉字的'龟'字设计的。在韩国，有十个象征长寿的物品，龟是其中之一。"在客厅，我的目光被一张韩纸画吸引了，那是两只身材颀长的喜鹊，落在松枝上，松枝下面是一群懒散的、咧着嘴笑的老虎。泰阳告诉我："这是一幅17世纪的民俗画，有人认为它是一种有力量的民间绘画，可以挂在前门当护佑家宅的符用。喜鹊在韩国代表着好运，喜鹊到家，就会有好消息；而老虎会赶走邪气。韩国曾经有很多老虎，20世纪初期被猎杀到几乎灭绝。"

我跟随泰阳绕过低垂的松枝到院子对面的一间卧室里。石板路上躺着一只黄色的松狮犬，它有一身又长又直的毛。我想象着这里冬天的场景，院子里都是雪，泰阳走在低矮的宽屋檐下，天上的雪无声地下着，融化的雪水从金属制的凤头滴水檐滴下。卧室里，双人床的床头是三个交织的圆。外面的两个圆可以动，向前折叠就变成了新月的形状。泰阳说："我参考了韩国的传统，为伦敦的萨维尔公司设计了这款床头。满月的时候，尤其是丰收季节，韩国女性会穿白色韩服，在山顶的月光下围成圈唱歌跳舞。月亮代表母亲，一直到今天，我母亲这一代人还会向着满月祈祷，诉说烦恼，祈求一觉醒来烦恼消失。"

泰阳的小图书馆是传统的韩国男性书房风格。整面墙的书架上摆放着关于韩国文化和艺术的书籍，每本都用白色韩纸包着。书架右边是宽扶手的靠背椅，椅背上有一块皮靠垫。我认出这是他设计的家具系列中的一件作品，那个系列是沙朗恰的现代版

本。他说："韩屋的空间分割非常清楚，遵循严格的等级制度。男女的区域是分开的。只不过这栋韩屋已经被现代化改造过了，没有这么设计。男区的沙朗恰通常是读书、学习和自我充实的地方。我受这个概念的启发设计了这个系列的家具，同时使它不拘泥于空间或性别。"

松狮犬苹果

泰阳的松狮犬名叫苹果（apple），因为有一次他的侄女觉得它长得像一个带刺的菠萝（pineapple）。

图书馆的一端有一个洗漱池、一盏油灯，还有泰阳于2018年12月推出的护肤品牌Eath Library的一些主打产品。这个品牌的化妆品用韩国传统草药做原料。他第一次接触传统草药是找韩医治疗失眠，后来，他和医生一起研发出了Eath Library的产品。泰阳说："就像通过室内设计向韩国传统建筑致敬一样，我开发Eath Library也是为了宣传韩国文化中被严重低估的草药的价值。"听罢，他那细致的肌肤竟有些让我移不开视线。

我们站在院门的门廊里，再次回头看这座四面铺着石板的院子。泰阳说："韩语中自省（jagyeong）的意思是自我思考和反思，这是韩国文化中很重要的概念。在儒家文化中，房子就是房屋的主人自省的地方。韩屋的设计让你可以坐在屋子里，透过庭院看到另一边的房子，房子是你的自我的延伸，它会促使你进行自我反省。"我透过窗户木框望去，看到的是一个对文化渊源、学习和生活修养有着深深的敬意的人。●

IV.

红松

文字

R Aslan

摄影

Rich Stapleton

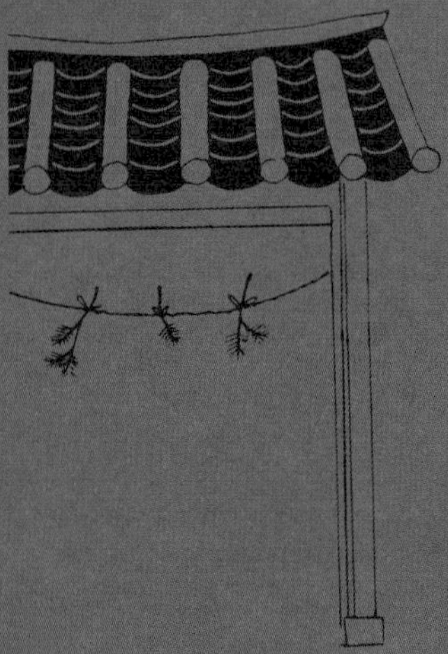

就在不久前，我们还都在过苦日子。那时候，我经常去家周边的树林中散步，紧紧地裹上披肩，在太阳底下，拣满满一篮子松子、松针、松花粉，这时的我会觉得自己很富有。

做鲷鱼面，要先弄一条鱼鳞闪闪，肉质肥软的红鲷鱼。在鱼肚子里塞满银杏、核桃和滑滑的松子，上面放上厚厚的煎蛋和面条。做花菜（hwachae），一种韩国水果甜品，要将桃子、樱桃、浆果、甜瓜和松花粉加到蜂蜜水中，梨切成薄片，掰下一瓣瓣杜鹃花瓣，撒上煮熟的大麦和松子，看它们像帆船一样漂浮在上面。冬至那天会酿造松笋酒，把浓浓的酒倒进装有松笋和长长的绿色松针的容器里，埋在含铁的土中，直到酒液变得厚重、顺滑和温和，等来年秋天叶子变红的时候喝。即使在韩国古代，在冬天无所事事的日子里，国王和王后会在日出时醒来，喝一碗蒸的松子粥来养生。

我们常说：“冬天来的时候，你就知道松针有多绿了。”

生于松树下，长于松树下，死于松树下。这就是我们的一生。婴儿出生的时候，房前的台阶上要铺松枝，大门上绑一根草绳，上面挂着松针和松枝，人们认为这样可以把阴阳两界的不速之客或邪气都挡住。房子是松木造的，家里取暖的火炉烧的也是松木。吃一辈子松针、松子和松花粉。死了，还要躺在松木棺材里。去阴间的路上，松木会指引方向。我们说，这些弯弯曲曲的松树保护着我们的祖坟。

曾经，到处都种满了红松。房子挤在斜坡上，巷子很窄，庭院一个接着一个，家家户户炊烟缭绕。红松高大的树干伸展到天空，外树皮脱落，露出下面红褐色的树干。我们赞美松树，因为它们像人那样，头顶天，脚踩地。如今的乡下空空荡荡，老房子不见了，但松树仍然屹立。

红松长寿、坚强而充满智慧。它们耐寒，即使在冬天，松针也是绿的。即使被风吹得弯弯曲曲，它们也一样强健。人们说，只有连松树都开始哭泣时，我们才能放弃。•

红松

红松不仅仅产于朝鲜半岛，还广泛分布于亚洲的广大地区，包括中国东北、日本部分地区和俄罗斯东部等。红松适应寒冷环境，在其分布范围中，它在北方低地上繁衍生息；而在南方，它通常生长在冬季寒冷的山脉和高地上。它的外皮朴素，里面一层的内皮颜色较鲜艳。松针是深绿色，松塔长锥状，树的高度可达30米。木材直纹，重量轻。红松木材用途广泛且耐用，造船、建房、制作乐器和家具都会用到。红松还富含单宁和松节油，松子在欧洲和北美是食用坚果。由于红松木材的需求量大，红松被过度开发，野生红松和赖以生存的红松林生态系统（其中包括濒临灭绝的西伯利亚虎）常常处于危险之中。

高洁的松树

儒学认为松树所展现的品性符合其宣扬的价值观，因此松树经常成为传统绘画和诗歌的主题。百年老树有很高的声望，寄托了人们长寿的愿望和韩国文化中对老年人的尊重。松树也被人赋予了脚踏实地和忠诚的品质：这种四季常青的树木“坚韧不拔”，能够抵抗外界的诱惑，而那些被风雨和恶劣天气折磨的弯曲松树则生动地展现出耐心、韧性和有毅力的美德。

Aesop

fourteen

14

RŌZU 香水

纪念
夏洛特·佩里安

文字

Charlie Lee-Potter

摄影

Rich Stapleton

巴纳贝·菲利恩 —— 这款香水还要让人感受到山间的空气。
佩里安常攀登到山巅，去感受这世界的美好。

四只手紧紧抓着一个巨大扁平的冰块，冰块像镜头一样对着晴朗的天空。阳光透过冰块，照耀在两边的树上。这是建筑师夏洛特·佩里安（Charlotte Perriand）于1935年拍摄的著名黑白照片，完美地表现了她的精神：清新的空气、神奇的世界、美好的大自然。设计师将这一切结合，塑造出令人耳目一新的作品。

佩里安于1999年去世，享年96岁，但用过去时来谈论她似乎并不合适。她的眼光、前瞻性和开拓精神一直都在影响我们。她的女儿佩内特·佩里安－巴尔萨克说："佩里安是如今人们司空见惯的很多艺术风格的先驱。她思考过可拆卸的组装建筑，是一位环保主义者。她在1927年就有了开放式厨房的构思，并在莱萨尔克的建筑里实现了这个设计。早在二战之前，她就想把巴黎塞纳河两岸全修成人行道，人们可以在河里玩独木舟，在岸旁打排球、网球，还有很多露天咖啡馆。"佩内特的丈夫雅克·巴萨克，是一位作家兼纪录片制片人，写过几本关于佩里安的权威著作。他简短地补充道："夏洛特是现代女性之母。"

如今，佩里安设计的家具仍按照原图纸精确严格地制造。"有人问我们，可不可以为美国市场做尺寸大一号的夏洛特椅，我说：'绝对不可能，永远不行！'"佩内特坚定地说，"她的设计永远不能改动。"佩里安细致的设计中有着微妙的平衡感，因此其设计必须按照严格的标准生产和组装。最重要的是，佩里安坚决捍卫平等。佩内特和雅克齐声说："她相信男女之间可以达成一种平衡。"佩内特接着说："对她而言，性别不是障碍。这也解释了她喜欢登山运动的理由。我们经常说：'在山上，只有向上爬一个选择。'男人和女人也只有互相合作这一个选择。这完美地诠释了佩里安的观点。"

为了向佩里安的精神致敬，调香师巴纳贝·菲利恩（Barnabé Fillion）为品牌伊索（Aēsop）调制出一款香水，参考了日语中的玫瑰一词命名。雅克认为，这款香水的研发过程是一个三维实验："它和完成雕塑作品的过程完全相同，包括成型、定型和量

的调整。人们看不到配比中量的变化，因为它是透明的，但其实量的调整非常重要。”这款玫瑰想要捕捉到佩里安对山、松树、雪、新鲜空气和东亚的热爱。她于1940年前往日本，并对日本的设计哲学和美学深深着迷，开始用竹子做原材料。菲利恩说：“在韩国和日本，人们会说，听一听这气味。这是一个美好的说法，一直以来，我就是这样工作的——倾听我的原料给我的信息。比如，倾听一朵玫瑰，你就要研究它，看它随时间流逝盛开、衰老、变成干花。它一直在变化，但即使是干花，它也是很美的。”

就像伊索品牌背后有自己的故事，这款香水也有个故事。日本的国枝惠二为纪念佩里安，专门培育了一种日本玫瑰（Wabara）。菲利恩说：“开始它是淡淡的粉红色，有着鲜嫩的花苞。然后，玫瑰逐渐凋谢，变成了另一个样子，变成干花，有着脆弱的花瓣。调制香水时，我心里想的是如此美丽地老去。佩里安从来没有隐瞒过她的年龄，因为她随着年龄的增长，美丽亦增。她如此自在、自由和勇敢，这震撼着我。”为佩里安培育的这款玫瑰就像她一样超凡脱俗。菲利恩说：“它有种米灰色调，开始是黄的，然后渐变成铜色和银色。金属色调让人想起她在设计中常使用的金属，还有那种冷感，就像她热爱的雪那般脆脆的质地。这款香水里的金属香调来自紫苏，香根草增加了清新和生动的香调。紫苏还带给人一种冷感，像雪的气味。开始，你会闻到玫瑰的味道，但接下来就会闻到紫苏味，这时候玫瑰香就变得若隐若现，成了一种幻象。”这款香水最吸引人的是它有一种精致手工纸的淡香。菲利恩接着说：“为了做研发，我和佩内特、雅克专门去了趟日本。佩里安玫瑰让我联想起日本的和纸，玫瑰干花也有和纸的味道，所以一定要加进这个味道。除此之外，这款香水还要让人感受到山间的空气。佩里安常攀登到山巅，去感受这世界的美好。”

佩里安创作生涯的高峰期是20世纪60年代，那时候，她领导着自己的团队设计了莱萨尔克度假村——可拆卸组装建筑的杰作。这种超前的、悬臂式设计让每间公寓都最大化地获得日照。房子建在

斜坡上，像一个人随随便便靠在树上一样。大雪之后，房子就隐没在了白茫茫的雪里。佩内特说：“佩里安在小户型设计方面非常有天赋。她经过研究，发现每个人最小的空间需求是14平方米。这听起来似乎不是很多，但是如果按照最合理和精确的方式设计，这就是一个完美的空间。”

佩里安于1960年开始在法国滑雪度假地梅里贝尔村建造自己的度假小木屋，结果因为经费不够，直到1978年才建成。折纸爱好者肯定会喜欢这栋小房子，床后面有一个落地式折叠储物空间用来放床品。没有窗帘，取而代之的是中分的纸滑动帘，阳光经过过滤，轻柔地打进屋里。日式卫生间里有一面设计复杂的镜子，镜子后面可以存下各种杂物，还有一个足以同时容纳两个人的蓝色浴缸。房间里每个角度都能看到山，让人心情愉悦。菲利恩说：“佩里安喜欢梅里贝尔山上的松树。二战后从日本回来，她想找一个能滑雪、远足和探索自然的地方。这房子四周绿树环绕，里面内饰也都是木制的。这款香水中也有木香。我希望人们能闻到山的气味，这让人呼吸顺畅、想象力大开。”

伊索的创意总监玛莎·梅瑞迪斯回忆起巴黎那个难忘的下午，他们一起讨论如何研发这款香水。他们注意到，佩里安总是抹一种香根草香水，当时那是男人经常用的香水。她说：“在佩内特和雅克的帮助下，我们去了她生活的地方，通过她的家具、照片、图纸和她喜欢的物件来认识她。接下来的一年，我们读了很多关于她的书，参观了巴黎举办的她的展览，还到了她在梅里贝尔的小屋，目的只有一个：调出一款能表现夏洛特·佩里安奇妙的复杂性和现代性的香水。”

了解佩里安的艺术生涯就像回顾一个人的一生。2019年底，巴黎路易威登基金会举办了佩里安的个展，这是基金会自2014年成立以来，首次将整个展厅用来为一个设计师举办展览活动。佩里安设计的椅子、桌子、灯具、建筑物、地毯、沙发、厨房、公寓、山里的度假屋、健身器材和可拆装浴室等都在那里展览。对于她的家人和粉丝来说，她的名字总是被排在合作伙伴的后面，如勒·柯布西耶（Le Corbusier）、让·普鲁韦（Jean Prouvé）和皮埃尔·简纳雷（Pierre Jeanneret）。佩内特说：“保护她是我们的一项重大责任，虽然有时会很累。我不喜欢她的名字总是排在男人名字的后面。佩里安就是佩里安，她不是男人的陪衬。”佩里安著名的作品躺椅（Grand Confort）就是个典型的例子，你一眼就能认出这个设计，可是人们却都觉得勒·柯布西耶是这个作品的主要设计者。当时，用金属管设计椅子是非常超前的，而佩里安最早想到了这一点，用金属材料做家具可以延长使用寿命，便于批量生产，还能普及千家万户。不幸的是，这个想法在当时很难被人接受。如果还有人怀疑用金属管做的椅子不舒服，可以看看巴黎展览上的那个观众，打消顾虑，那位参展者在佩里安设计的椅子上睡得如此香甜，直到工作人员来叫醒才离开。

离开佩里安山上的度假屋之前，我在我的笔记本上喷了一下这款RŌZU香水。漫长的归途中，我像菲利恩那样，“倾听香水的声音”。在我重新阅读佩内特和雅克推荐的关于佩里安的艺术风格的文章时，紫苏、香根草、木、广藿香、没药、玫瑰、纸张等各种香味在纸页间漂浮。在佩里安家巨大的壁炉旁待了整整一天之后，我的衣服和头发里充满了木、烟和炭的味道。“你怎么闻起来像篝火？”到家时女儿问我。当我撇开浑身的炭火味儿时，RŌZU香水和有关佩里安的一切竟变得浑然一体，我听到了响亮又清晰的声音，那是关于雪、新鲜空气、独创性、自由和平等的声音。•

fifteen

15

打糕

韩国
米糕

文字
Sonja Swanson

摄影
Rich Stapleton

徐明焕

米糕咨询顾问兼妍熙米糕工作室的老板，研究和开发传统的韩国米糕。

世界上没有一家不卖打糕的韩国超市，打糕又叫米糕或年糕，它有甜咸等各种口味。常见的长条米糕可以切成薄片，煮进汤里，也可以用辣酱炒了当点心吃。甜的米糕也有很多种类和口感：黏而顺滑的麻糬（用捣碎的大米制成），厚而易碎的像蛋糕一样的蒸米糕，饱满、耐嚼的松糕（用开水冲米粉再蒸制而成），还有又嫩又甜的炸糕。

我和妈妈都喜欢那种糯米做的嚼劲十足、黏性大的米糕，米糕上会撒上黑豆，以及红糖或蜂蜜做的糖丝。在韩国超市，我们俩总是在打糕柜台前驻足，商量买一包还是两包，结果常是要买两包回去。如果是刚出炉的米糕，我们会不等回家，像顽皮的孩子一样在保鲜膜上戳个洞，在车里互相喂着吃起来。

这是我小时候对去超市最美好的记忆。妈妈总是说起她小时候的米糕有多好吃，也会提及现在的味道变了很多。即使是那时候，我也知道我那被美国高糖食品“改造”过的味蕾，肯定尝不出妈妈所说的味道，但我还是喜欢她和我分享的那种兴奋和仪式感。

我如此喜欢小时候家附近K镇超市里的米糕柜台，没有想到长大后搬到韩国，还是被那里各种各样的米糕给镇住了。而妍熙米糕工作室（Yeonhui Tteok Sarang）则是我的一个重大发现。它藏在延辉洞附近弯弯绕绕的小巷里，低调的现代风格店铺中有很多传统的细节，比如韩国陶瓷和韩式小木桌。

在这里，店主徐明焕（Seo Myeong-Hwan）开设课程、提供咨询，还研发新食谱。他制作的米糕形状、大小和纹理都非常优雅，我以前从来没见过。小巧的白色松仁雪米糕，上面用松针装饰；油炸的开城米糕闪闪发光，小小的，琥珀色，像苹果一样的圆润形状，中间还有个小坑。我问徐先生这是不是他在传统做法基础上改造的，他笑了，说：“不，这些都是传统食谱。问题是现代韩国人不知道米糕文化多么深厚。因为殖民、战争和饥荒，很多传统做法都失传了。”徐明焕觉得现在韩国的甜点文化受全球化的影响很厉害。所以虽然米糕又重新流行起来了，但很多面向青年市场的咖啡馆和商店，还是会用欧洲和北美的食材和技术制作米糕。

徐明焕说：“在韩国，太多的食物已经跟西式食物相融合，很难找到完全传统的韩国食物了。韩国人上烹饪学校，都去学习其他国家的美食，而不是自己的传统美食，人们对没见过的东西总是更好奇。”他不反对学习其他文化，但也希望年轻的韩国厨师们，可以先花时间学习自己国家的烹饪艺术，再去其他文化中寻找灵感。

徐明焕在复兴米糕的传统做法上已经进行了十多年的探索。他做厨师超过24年，过去的15年里一直在学习米糕制作工艺，而且基本上都是自学。现在，他开始从古籍中寻找和收集各种米糕的制作工艺。他说：“即使能找到一些资料，制作起来依然很困难，因为很多配料找不到了，一些制作过程也记述得不是很清楚。甚至现在的稻米品种也和古时

A. **桑黄**（상황버섯）

桑黄是传统韩医和中医经常使用的药材，长在野桑树上。

B. **枣糕**（약편）

一种质感特别软的米糕，用枣做的，甜甜的很耐嚼。

C. **糖饼**（곤떡）

一种韩国忠清北道的传统小吃。糖饼的红色是用紫草油油炸产生的。

A.

B.

的不同，这样做出来的米糕质地可能大相径庭。更不用说在米糕中尝试使用蜂蜜了，蜂蜜由于不同地区花的种类不同而带来的风味不同，也会对米糕制作的还原产生困难。”不管怎么样，徐明焕一直在努力克服这些困难，他的工作室就是他实验、测试和研发产品的理想场所。

米糕已经成了韩国家庭怀旧的食物。过去几十年，面粉烤制的甜点越来越受欢迎。生日一定要吃奶油蛋糕、吉事果和甜甜圈这种观念已席卷首尔。米糕并没有消失，而是被迫为年轻人爱吃的各种高糖食品让路了。如今的米糕扮演着更加正式的角色：半月形的松糕在韩国的感恩节，也就是秋夕节的餐桌上必不可少；拜访年长的亲戚必带一盒米糕；传统的婚礼或祭祖仪式上一般会有一盘精心摆放的米糕……

随着年龄增长，我开始学会欣赏米糕的微妙之处。慢慢嚼，淀粉会在嘴里变成糖，还有咀嚼的乐趣——在西方食物中被低估的一种乐趣。我最喜欢的米糕嚼起来是jjolgit jjolgit（咯吱咯吱）的，这是一个拟声词，表达在咀嚼过程中令人愉悦的食物的弹性。徐明焕的观点我非常赞同，米糕一定会卷土重来。他说：“我越来越觉得，如果我们民族的历史在这里止步，那将是一件很遗憾的事。我们需要把这些传统传承下去。”●

c.

栗糕（고려율고）

各种栗子制成的米糕，制作历史可以追溯到高丽时代。

纪念品

韩国老式米糕模子

米糕模子（떡살，Tteoksal）是韩国人用来做传统米糕时使用的。把米粉做成粉团，切成小块，再用模子压出花样。圆形的模子通常是木质的，偶尔也有陶瓷的，它们都有一个长柄。因为是手工制作，模子外还有凿子不规则的凿痕。模子的设计花样有几何形状和花卉图案，有些在中间刻有汉字，也有像橙子的横截面那样的图案。米糕模子在传统仪式中有重要作用，比如秋夕节的祭祖。所以，家家都把米糕模子看得很重要，不用的时候也会放好。